送给儿女的礼物

靳晓鹏　主编

陕西新华出版
太白文艺出版社·西安

图书在版编目（CIP）数据

送给儿女的礼物 / 靳晓鹏主编. — 西安 ： 太白文
艺出版社，2024. 7. — ISBN 978-7-5513-2618-6

Ⅰ. I227

中国国家版本馆CIP数据核字第20241QH078号

送给儿女的礼物
SONGGEI ERNV DE LIWU

作　　者	靳晓鹏
责任编辑	张　瑶　张熙耀
整体设计	建明文化
出版发行	太白文艺出版社
经　　销	新华书店
印　　刷	固安兰星球彩色印刷有限公司
开　　本	880mm×1230mm　1/32
字　　数	70千字
印　　张	6.5
版　　次	2024年7月第1版
印　　次	2024年7月第1次印刷
书　　号	ISBN 978-7-5513-2618-6
定　　价	49.80元

编委会

序

张武平

栽植一棵小树，必深根培土，浇灌施肥，剪枝呵护，让其抗暴雨冲刷，顶骤风摇晃，经雪霜酷寒，历烈日暴晒，使之经一番磨难，受一阵摔打，方能吮日月精华，得大地元气，然后耸天招云，屹山耀星，蔚然繁枝，成为栋梁。

青少年的成长与小树的成长是一个道理。虽说孩子们是在文明的摇篮里吸华吮浆，但世界是个万花筒，社会是个大染缸，要让自己的孩子脱颖成才，成为国家和民族的脊梁，就要从小注重对儿女的培养。所以，千年以来，家庭教育像一汪激荡的清流，在中华传统文化的江海中合唱。《管子》《论语》《千字文》《三字经》《笠翁对韵》《龙文鞭影》《幼学琼林》《童蒙须知》《弟子规》《朱子治家格言》《增广贤文》《围炉夜话》《菜根谭》等读本，林立在历史长河的两岸，示范学子，育儿养才，成就了多少俊彦翘楚。他们用知识、品德、智慧、才干，拓疆经国、御敌保土、济世安民、经营盛世，推动历史车轮滚滚向前。家庭教育的如此效应，为中华民族培养了源源不绝的人才，使之生生不息，才有了传续五千年的文明。

我县五老靳晓鹏所著《送给儿女的礼物》一书，是在社会发展的新时期，针对青少年成长的诸多方面，撰写的有关人生指导的诗篇。其哲理，其境界，其诗句，其美言，都会使孩子在迷惘困惑时、努力上进中汲取精神营养，焕发强大的力量，内心觉醒，灵魂得到净化，情操、素养、品德、言行、心志，都会在磨砺后变得格外强大。不论身处何地、何境、何时，都能永葆青春的活力，进不言难，退不忧怨，败不退馁，胜不骄狂。使每个青少年在成长的过程中，都能披上战无不胜的精神铠甲，把素养练就成一具刀火不入的铁骨钢架。进入社会后，才能为国家舍生忘死，才能为人民鞠躬尽瘁，这是靳晓鹏诗篇的最强音符。他把过往家庭教育的形体教育，延伸到精神层面，使家庭教育的社会效应及教育评价，都有了鲜明的提升。

精神是以哲理为生发，奋搏又以精神为依托。靳晓鹏的一百多首诗篇，都是自己几十年教育实践的总结，他用哲理去厘清对错，用哲理去辨别是非，用哲理去指向引导，用哲理去思维进退。这样，对孩子的教育，就摆脱了许多浮躁、鲁莽和粗浅。孩子看了会心悦诚服，乐于接受，并勇于践行，能在正确的轨道上去实现人生的辉煌。正因为靳晓鹏能以辩证哲理的意念为本源，才创作出了能规范孩子思想，又能激励孩子奋发上进的诗篇。这些诗篇既是对中华优秀传统文化的传承，又是对现代育人理念的拓展。

细读这些诗，就如同一家人围坐在一起，或炕头，或桌案，或庭堂，或窗前，或月下，或田间，年迈的父母给儿女谆谆叮咛，切切劝导，恳言激励，率直警示。让孩子在温情暖意中校准方向，把稳人生，去风雨中闯荡，在苦难中奋发。这样，孩子的情商、智商、素养、品德，就在家庭这块沃土上冶炼成铁坯。如此进入社会，必然能迅速适应环境，应对万千。知识、才干、气度、魄力都会得到应有的发挥，使每个孩子都能成为对社会有用的人，这是诗人写这本书的宗旨和理念。

家庭教育文化的体裁很丰富，或粹言，或短篇，或韵体，或诫文。五老靳晓鹏用的是新诗寓理体，可聚生诵读，可击节吟唱，可独自慢嚼，可联翩情思，能紧扣青少年的心理特征。让他们在诗的韵味中汲取营养，萌发兴趣，产生愉悦，修才树德，积累知识，锻炼本领。以爱国为至尚，以民族为至尊，升腾浩然之气，经国治世，担当社稷，这是靳晓鹏诗歌满贯始终的主题。

这本家教寓理诗集也为中国诗歌园地增添了新的族类，注入了新鲜的血液。

读书壮志，修德铸品，谋利天下，富民强国，始终是每个龙的传人的追求和使命。养才柱国，关心下一代是我们不可推卸的责任。这本诗集的问世，一定会在关心下一代的工作中培德铸魂、启智增慧，发挥它应有的作用。

是为序。

张武平：曾任周至县人民政府常务副县长、县人大常委会副主任，现任周至县关心下一代工作委员会主任。

目录

奋学篇

修 德 篇

素 养 篇

应事篇

博爱篇

警示篇

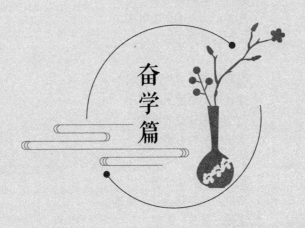

奋学篇

读书

你想憧憬新世界的繁华，
你想做开垦处女地的犁铧。
你想站在高处俯视天下，
只有读书才可铺垫荣光生涯。

读书为你打开知识的门户，
让你不厌其烦地把它拥有。
用知识为天下创造财富，
人生的道路任你游走。

书籍蕴含了智慧的宝藏，
让你辛勤地博采繁忙。
开创祖国建设的洪荒，
实现终生的心愿志向。

把诗书铭刻在你的心房，
格局和气度就会升华理想。
道德、素养、人望，
就在另一个层次上闪光。

读书能启迪心灵，
读书能提升素养。
读书能矫正人生方向，
使你成为国家栋梁。

读书能医治愚昧，
使你在困境中成长。
没有读书的发奋，
你会迷失在小巷。

读书是行孝最好的报偿，
像个出征的战士一样。
改变自己的家庭状况，
实现父母的殷切希望。

祖国需要读书的学子，
人民需要读书的才郎。
家庭需要读书的儿女，
不然就不会实现教育兴国的梦想。

诚勉

学子不谈家长里短，
只探讨学业疑难。
学子不放荡贪玩，
用道德把行为规范。

学子不进网吧舞馆，
校园是冶炼的神坛。
学子不交歪道莽汉，
师长是你做人的标杆。

学子内心静如水面，
只考虑把各种知识尽览。
学子们相互辩说论谈，
意在祖国的富强发展。

学子能沉静自省，
战胜他人就不会很远。
学子能奋发图强，
超越他人也只是时间。

书籍多得如海如山，
选择阅读才能把身心浇灌。
天下的行业千千万万，
兴趣选择事业才会可观。

勤学

人生美好的时光是青春，
青春最大的能动是勤学。
只有勤学才能把知识收获，
有了知识才会在长河扬波。

人生的舞台很是宽阔，
人生的舞台也窄如小河。
你的前程如何？
决定于你青春时的勤学。

青春路上不言困难，
青春路上没有阻拦。
创造征服是你的理念，
奔腾奋勇是前进的起点。

蹉跎了岁月何处去寻？
白了头只能悲切烦怨。
勤学苦读壮美了人生画面，
胸有才华方可成栋柱天。

孙敬头悬梁给国家做出贡献，
苏秦锥刺股阻挡强秦东展。
车胤囊萤夜读成为一代学范，
司马光圆木警枕成就了千古史鉴。

时代在把骄子召唤，
人民在把才人期盼。
用勤学的神杖耕云播雨，
这样才不愧是一代优秀青年。

走在时间的前头

时间可改变你的人生，
时间可决定你的前程。
不管你爱它还是恨它，
它总是那样公平。

年轻人要和时间赛跑，
年轻人要和时间竞争。
你跑在时间前面，
事业会走向成功。
你能把时间战胜，
它会乖乖地任你使用。

要走在时间前面，
思想必须超前。
大胆地迈开步伐，
在激流中站在浪尖。

万事早为贵，
百事快为先。
早与快应是你的理念，
千万不可怠慢了时间。

早了就会占有取胜的先机，
快了就会抢到有利的阵地。
早了还有人比你更早，
快了还有人比你更快。
要想到人外有人，
要想到天外有天。

时间的前头是一片空白，
时间的后头是一堆乌墨。
时代的骄子总是去填写空白，
落伍的懦夫总是面对乌墨。

写日记

每天写一篇日记，
把它当作你的阶梯。
一篇一个脚印，
一脚一个台阶。

别小看那些不起眼的事，
它是你冶炼思想的神器。
笔下酸甜苦辣的各种滋味，
正是你成铁成钢的烧炼试剂。

正因为每天能写日记，
磨炼了你坚韧不拔的意志。
思绪里总有波浪在搏打，
脑海中永有智慧在生发。

写呀写，写呀写，
写出你思想的光华，
写出你品格的伟大，
写出你人生的辉煌，
写出你事业的发达。

藏书

父母给钱零花，
不去买这买那。
专去书店问津寻宝，
买本书把自己的思想开发。

亲人压岁给了喜钱，
不乱花把它装在身边。
奔走于各类书展，
藏书囤粮寻找机缘。

地摊上发现了孤本残卷，
身上只有吃饭的钱，
饿肚子不过一点小难，
千载难逢的书才系关心愿。

如饥似渴地阅读钻研，
书籍如丘也把小楼堆满。
接续文化搜索古人的观点，
修心养性享受千年美餐。

古今智慧的碰撞把你的思维改变，
文明的历程就在脚下伸展。
鉴赏历史弄明了风云变幻，
年纪轻轻就戴上学者桂冠。

耕读传家是数千年的格言，
家有藏书是人们的期盼。
一个少年用知识把自己浇灌，
长成大树才能柱撑蓝天。

好学

好学是读书人的德行，
敞开心胸把知识兼容。
五千年的历史文明，
照亮你前进的路程。

好学能打开人生的通途，
征服前进路上的险阻。
把你带到遥远的九州，
使你的灵魂得到壮游。

好学是排遣寂寞的神手，
让你在繁华的天街游走。
天女们和你聚欢歌舞，
让你的心灵体验难得的享受。

好学是生发智慧的宝瓶，
使你变得理智聪明。
举止是那样的严谨稳重，
一切难题都能破解变通。

好学能开创千年学风，
使文明的波浪起伏前行。
创造的底蕴在胸中涌动，
奋斗目标是民族的复兴。

好学是人们上进的本能，
知识会使你受用终生。
在实践中获得真知，
你会愉快地走向成功。

瘫痪的霍金研究黑洞，
成了天文界的一颗明星。
张海迪在轮椅上度生，
执笔展现出文学才能。
他们都以好学谱写锦绣前程，
成了一个时代的先锋。

幼教

要让儿孙们健康成长，
将来为国家贡献力量。
爱要爱得得当，
教要教得有方，
这样才会实现共同的梦想。

育儿就像植树一样，
把它的根深深埋入土壤。
为了未来用水浇灌，
为了磨炼让它经受风霜，
有条不紊地适时培养。

让风活动它的肢体，
让雨补充它的血浆，
让雷磨炼它的意志，
让电点燃它的心房，
使它成为大自然的儿郎。

园工修剪它张扬的枝条，
农人预防病毒对它侵伤。
使它由弯曲变得挺拔，
使它由羸弱变得坚强，
让它旺盛地生长向上。

它长成西北高原上的白杨，
伟岸的雄姿与蓝天相映。
磊落正直心胸宽广，
光明无私品德高尚，
气度恢宏又有远大的志向。

看小树长成了栋梁，
亲人们欢欣歌唱。
父母丢弃了多年的愁肠，
人民的事业有了期望，
祖国的建设将更加辉煌。

心劲

心里装着宇宙，
蕴藏天地精华。
力量从这里生发，
智慧从这里播撒。

志趣在心劲中萌芽，
事业在心劲中发达。
心劲伴你行走天下，
前进的路上才能奋力冲杀。

为天地立心是你的理想，
为生民立命是你的主张。
为往圣继学是你的志向，
开万世太平是你的担当。

心劲滋养了浩然之气，
面对贫贱你苦斗坚强。
在权势面前你威武不亢，
富贵到来你杜绝各种欲望。

壮怀激烈是心劲掀起的波浪，
前仆后继是心劲培养出的素养。
心劲会使你在历史的长廊徜徉，
心劲会让你把震撼天宇的歌声唱响。

多少

他知道的知识很多，
却感到自己知道的很少。
你知道的知识很少，
反觉得自己知道的很多。

满瓶子总是不响，
半瓶子老是晃荡。
小溪清浅竟喜欢歌唱，
大河宽深却沉默流淌。

谦虚人吸川纳海，
知识再多也不满足现状。
自满人息土不藏，
知识很少还得意扬扬。

事业的大小，个人的升降，
取决于你的知识总量。
把书山搬进脑腔，
为国家才能用尽智商。

勤奋

世间最大的动力是勤奋，
勤奋是智慧的母亲。
人生无穷的力量是勤奋，
勤奋是所向披靡的大军。

机遇坦诚地向每个人招手，
没有勤奋的准备会悄悄溜走。
事业真挚地向每个人召唤，
没有勤奋的拼搏就无法拥有。

用勤奋铸就坚强的意志，
才能把知识的大海装进胸腔。
用勤奋编织远大的理想，
才能跋涉到高耸的山岗。

泼洒了勤奋的汗水，
才会给祖国穿上美丽的衣裳。
耕播了勤奋的云雨，
才能报答父母殷切的期望。

把勤奋当作你的早餐，
把勤奋当作你力量的源泉。
壮丽的歌曲才会谱写圆满，
前进的征途才永无阻拦。

理想

理想似暗夜里的灯塔，
每一束光都灼燃着希望的火花。
任凭风吹浪打，
坚定不移要奔到它的脚下。

理想的起点是效忠国家，
为民尽力像心中旋转的马达。
肩上的担子在于治平天下，
鞠躬尽瘁是为了民族的伟大。

胸中燃起不灭的火焰，
一腔豪情要震撼蓝天。
游过大河，攀过高山，
在需要的岗位勇做贡献。

人民的意愿是理想的高点，
理想促进社会的发展。
人类的最高展望，
是在共同的理想中实现。

理想不是举手空喊，
理想不是装点门面。
它在召唤人向前，
它会成就一代青年。

效心

学生以老师的心为心，
就有学不完的知识。
学子以学校的愿望为愿望，
就没有不成才的子弟。

儿女以父母的心为心，
天下就遍地都是孝子。
弟弟以哥哥的心为心，
兄弟们一定会团结上进。

人才以百姓的心为心，
定会是兴旺发达的社稷。
百姓以国家的理想为理想，
国家一定会兴旺富强。

赤子以民族的目标为目标，
就会掀起伟大的复兴浪潮。
青年以家国的情怀为情怀，
匹夫就会为天下的兴亡呼号。

自乐

小鸟的自乐是鸣叫，
小狗的自乐是奔跑。
自然把灵性赋予万物，
不知什么是人的自乐。

读书是在向古人求教，
读书是在与今人研讨。
医治了愚笨，
化解了烦恼。
既增长了知识，
又使智慧开窍。
在苦读中塑造自我，
在孤独中享受快乐。

听风雨想到人民的疾苦，
观流水察觉孤弱的坎坷。
去成就他人，
去解除饥渴。
去扶危济难，
去救人水火。
用善念催生心灵的愉悦，
用助人吟唱道德的美歌。

到深山去探宝攀缘，
站在峰峦看日月升落。
到荒漠去开发探险，
寻找绿洲和清清的水波。
兴满心胸写一篇散言，
情溢胸海吟一首诗篇。

漫步在如画的田园，
横吹小笛抒发心中的喜欢。
在自乐中追求人生美满，
在自乐中把生命的价值体现。

内敛

品德再高的人还要自我修养，
心志再远的人也需内敛成钢。
人总是在不断磨炼中成长，
稍有放纵就会折了栋梁。

内敛像个过滤器安置心房，
对思想的动态甄别收放。
神魂中的浮躁喧嚣膨胀，
心灵就静静地把它埋葬。

内敛像把剑高悬头上，
斩断了你贪婪的念想。
内敛像一堵厚实的大墙，
堵塞着你放纵的情商。

内敛像股强劲的风吹过山岗，
折断了你炫耀的翅膀。
内敛像报时的鸡定时歌唱，
改变了你懒惰的思想。

内敛像熊熊燃烧的火塘，
把你内心的自卑全都烧光。
烧得你谦谨刚强，
烧得你浩气溢满胸腔。

目标

目标促使人飞跃，
目标召唤人起跑。
目标迫使人刻苦，
目标送给人欢笑。

大成功需要小的目标，
小目标积累成大的波涛。
目标不要设得过远过高，
在射程内才算正好。

实现目标不能投机取巧，
遵循规律方为正道。
刻苦学习把知识装载，
在坎坷的路上付出辛劳。

不奔跑就想到达终点，
不攀爬就想站在峰巅。
你在迷惑的误区打转，
大小的目标都不会实现。

人生的路途漫漫，
目标体现在不同阶段。
它和国家的命运相连，
总目标就是人民的期盼。

潜能

潜能是蕴藏在胸中的宝藏，
没有压力不会轻易释放。
有人忽视了身上的这股力量，
所以就沦为平平常常。

苏老泉二十七岁觉悟出读书思想，
闭门十年于学海中徜徉 。
潜能流淌出隽语雄词，
胸前挂上了唐宋八大家的徽章。

周处立下了改过的志向，
入山下河是他斩杀白虎蛟龙的战场。
潜能促进他奋勇成长，
历史记载了这位忠臣良将。

发挥潜能就像撞钟一样，
用力大了就会高远洪亮，
用力小了就会微弱不扬，
压力愈大潜力就会愈强。

开发潜能是在艰难中向上，
把求胜的勇气鼓满胸膛。
踏平一切阻碍拦挡，
创建的事业定会辉煌。

时间

时间像一个公平的老人，
分给每人同样的时光。
不差一分一秒，
让大家都公平赛跑。

黄金有价时间无价，
黄金无情时间有情。
你浪费它会得到惩罚，
你占有它会得到丰厚的报答。

同样是一生的时光，
同样是一生的造化。
有人一事无成，两手空空，
有人果实累累，事业壮大 。
不要怨人怨天，
更不要论命论缘，
完全是你没有客观地对待时间。

时间像个魔术师，
能长能短，能有能无。
你抓住它就抓住了事业，
你失去它就输掉了人生，
你占有它可以延长到无限，
你轻蔑它立即就消失在眼前！

找寻

人要施展才华，
总是在找寻机缘。
顺畅了不要趾高气扬，
失败了也不要心灰意懒。

五湖四海永远有明月高悬，
人生处处都可面对青山。
穷峰险滩好像没了道路，
柳暗花明又是一个春天。

只要有金钩在手，
哪里都有钓鱼的水面。
只怕你意志不坚，
只怕你不敢冒险。

如果错过清晨的旭日，
中午的艳阳又给你送来机缘。
如果你错过了落日的余晖，
满天星斗又供你遴选。

机遇一个接一个，
就看你能否抓在手边。
海浪一个接着一个，
就看你能否站在浪尖！

苏秦手提着六国相印，
这是合纵诸侯抗秦的桂冠。

《滕王阁序》千古传赞，
这不过是王勃旅途中的一次饮宴。
只要你不懈地寻探，
一定会找到储金的矿山。

财富

人生很是漫长，
漫长得看不到尽头。
人生很是短暂，
短暂到眨眼方收。

你还没有学会珍惜，
青春已悄悄溜走。
你慢慢懂得了珍惜，
夕阳已染白你的头颅。

时光不会倒流，
人生不会重有。
你的事业能否让人羡慕，
就看你是不是时间的抓手。

你抓住了时间便成就了事业，
你失去了时间就毁灭了人生。
养成争分夺秒的习惯，
时间才会变成你真正的财富。

只有分配好自己的财富，
你才能随心拥有。
浪费了自己的财富，
你会千载忧愁。

苦难

苦难碾轧了多少儿女，
苦难成就了多少好汉。
懦夫在苦难面前跪倒瘫痪，
英雄在风雨中把苦难追撵。

眼泪冲不走苦难，
哀求换来的只是可怜。
把奋斗拼搏的雄姿呈现，
用血汗和智慧实现平安。

把苦难视为生活的佐料，
用心灵精细地加工酿造。
生产的美酒行销天下，
一株小苗在苦难中长大。

你既要有创造幸福的才干，
还要有承受苦难的双肩。
以全部的力量追赶时间，
岁月的脚步会把苦难驱散。

不管恶风倒树，
不管水漫农田。
只要你肯登攀历险，
定会在峰顶上仰俯明天。

吕蒙正沐浴苦难成宰相，
朱元璋在苦难中滚打成帝王。
苦难是道义担肩时的考验，
苦难是天降大任前的磨炼。

奋斗

人生是个搏斗的战场，
综合素质在这里较量。
都在捕捉那一线曙光，
都在寻找那一缕希望。

每个人都要像战士一样，
英勇地冲向前方。
让自己的气概飞扬，
让英雄的荡气回肠。

像猛虎捕食的身影掠过山岗，
像雄狮战斗的怒吼在山野回荡。
像骏马在草原奔向远方，
像健牛搏斗时用蹄杀伤。

柳树披着长发与狂风厮杀，
白杨高挺雄姿击败暴雨的冲刷。
白雪狂飘无奈斗志昂扬的梅花，
小草也张开枝叶和寒霜拼打。

你若是只温驯的羔羊，
注定今生会悲惨窝囊。
如果你软弱得扛不起枪，
定会败落在残酷的战场。

不管是战果辉煌，
不管是战败血淌。
都要留下一桩壮丽的史话，
都要写下一曲宏伟的华章。

本事

本事就像鸟的翅膀，
能轻快地在蓝天飞翔。
本事就像荡船的楫桨，
在波浪中划向远方。

刘邦举旗时不过是个亭长，
凭本事统帅一群谋士良将。
灭强秦碾轧了霸王，
把大汉的黄旗插在历史广场。

李世民的武功摧毁了杨隋王朝，
又开创了贞观年代的辉煌。
一身的本事在时代中荡漾，
历史的星空划过一道弧光。

范仲淹在饥饿中磨刀擦枪，
践行时把本事冶炼成钢。
率大军戍守西夏边疆，
千古传唱他的处世思想。

林则徐把本事装满胸腔，
强国雪耻是他的担当。
虎门销烟刹住了洋人的狂妄，
谁不敬仰民族的脊梁。

打开丹青细读观赏，
尽是本事人徜徉在历史长廊。

他们像天上的星星，
他们像地上的山岗。

做人以本事为主导，
做人以本分为榜样。
要想把祖国当作爹娘，
就得用本事把自己武装。

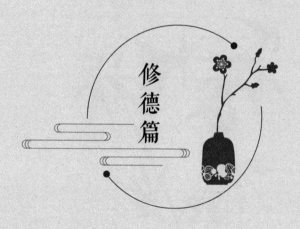

修德篇

宽容

宽容是智慧宝库中的珍藏，
宽容是理念生发出的素养。
宽容是情怀收放时的主张，
宽容是道德规范后的亮光。

人在磨合中把友谊加强，
宽容给彼此架起桥梁。
哪怕相互间剑拔弩张，
你也要包容他的思想。

不计较小事是你的风尚，
一旦较真感情就会相伤。
宽容的价值无法衡量，
年少时就要把它种在心上。

它是聚人奋战的保障，
它是砥砺身心的石床。
它是促进成长的食粮，
它是赢得事业的帆桨。

以责人之心责己，
以恕己之心恕人。
让自己额头跑马，
让自己肚里行船。
凡事能换位着想，
前进的路上定有明灯点亮。

磊落

一个小孩的率真是磊落，
一个少年的真诚是磊落。
一个青年的诚朴是磊落，
磊落是自我修成的硕果。

错了就说错了，
对了就说对了。
不隐瞒自己的过错，
不虚夸自己的功劳。

暗事要做到明处，
明事要做到亮处。
处事不偷偷藏藏，
待人不阴阴阳阳。

清清白白，
堂堂正正。
像玻璃一样透明，
像大山一样厚重。

行不愧怍天地，
言不愧怍自己。
内心把一盏明灯点亮，
人们就对你崇拜敬仰。

忍让

和谐相处是人的期盼，
相互忍让才能达到这个高点。
对得失耿耿于怀是狭隘的表现，
对小事斤斤计较是破坏友谊的羁绊。

侮辱、轻蔑、欺凌、怠慢，
让它们都败在忍让面前。
以博大的胸怀包容侵袭，
以换位的思考拓宽脑畔。

忍一时是心灵的洗礼，
让一步是思想的登攀。
大家在一起和平相处，
各人才有自己翱翔的空间。

遇事不忍会纷争不断，
遇事不让会争斗不完。
纷纷扰扰的生活，
令谁都痛苦万千。

忍让是成就事业的素养，
忍让是打败对手的秘方。
韩信忍胯下之辱，
领兵布阵成为一代战将。
张良忍拾鞋之辱，
辅佐刘邦成为帝王。

忍让是平静进取的灵丹，
忍让是人生智慧的实践。
人在忍让中奔向前方，
人在忍让中享受温暖。

行孝

日月星辰的运行永恒不变，
孝道更是千古形成的规范。
它是德的根本，
它是善的开端。

孝敬父母是天经地义，
尽忠国家如地球运转。
你用孝来立身行世，
你用忠来披肝沥胆。

行孝是一生的担当，
从小就养成好的习惯。
做人学习都成典范，
让父母开心喜欢。

长大了展翅高飞，
做个有知识的智慧青年。
拼搏在祖国建设的岗位，
为人民事业做出贡献。
让父母欣悦地生活，
行孝的滋味就在其间。

父母年老体弱，
要经常嘘寒问暖。
父母疾病在身，
要贴心侍奉床前。
让父母感到欣慰，
让父母安享晚年。

适时而为是行孝的要点，
不以各种借口使时过境迁。
等父母神归道山，
留给你的只是顿足悲叹。

子路百里负米为了父母的晚餐，
周剡混入鹿群为治父母的双眼。
陆绩怀橘是报答母亲的恩典，
丁兰刻木是弥补无法行孝的遗憾。
这些故事虽很遥远，
但却会把我们深深感染。

善念

善是心魂本体的灵光，
善是内心深处的情商。
善是人性原发的意念，
善是人生践行的体验。
它像医治百病的灵丹，
它像驱除邪恶的宝剑。

一个人有了善念，
德的树立就会尽全。
或进或退，
都会坦荡平安。

一家人有了善念，
祥和的气氛就会洋溢庭院。
不管是穷是富，
都会幸福美满。

天下人有了善念，
监牢里就会少了罪犯。
大家像兄弟姐妹一般，
追求大爱是人们共同的心愿。

善是万福之源，
辛勤耕耘每一块善田。
不管是雨涝干旱，
仓库里总会把粮食堆满。

孙叔敖斩蛇招难，
为的是给路人送去善缘。

苏秦刺股苦读，
为的是天下人和平安然。

坚守心中的善念，
担当社稷的阻险。
高唱和谐的音曲，
让它激荡在万里河山。

节俭

不管是贫穷还是富有，
节俭是治家的根本要素。
凡事都要以节俭为由，
过日子才会细水长流。

日餐不要过分丰富，
粗茶淡饭会使健康长久。
粒粒粮食是汗水浇成，
珍惜爱护才不受穷。

粗布旧衣能够遮体就行，
何必穿那绫罗绸缎。
爱美打扮适时有度，
追求名牌是虚荣的显露。

失据排场为了炫富，
奢侈是破财败家的征候。
低调处事把住限度，
节俭更是精神层面的追求。

节俭与吝啬是不同的门路，
把它们混淆往往变得糊涂。
狭隘自私是吝啬的倾诉，
美德高尚是节俭的标符。

节俭培养了宁静的心境，
节俭激发了上进的心声。
生活中养成节俭的习性，
小康的日子就会和你同行。

真诚

真诚像一块粗糙的石头，
给人的感觉实在质朴。
真诚像一溪弯弯的流水，
唱着小曲轻轻游走。

真诚像一朵绽放的荷花，
淡淡的清香引动岸上的人流。
真诚像一棵高耸的白杨，
摇曳着枝干向蓝天招手。

思想的舟船在人生的长河航行，
真诚会驱散河上的云雾。
尘埃眯了你的眼睛，
真诚会照亮你前进的路程。

真诚是性格铸造的基石，
真诚是精神冶炼的明灯。
真诚像沙漠深处的一眼泉涌，
人们把它看得比金子还贵重。

真诚是做人的根本，
不管你是进取还是暂停。
他都像旗帜一样沐雨临风，
坚强地在万物丛中舞动。

廉耻

廉耻是一把利剑，
会斩杀你心中的恶念。
廉耻是一道堤堰，
会挡住你贪婪的泛滥。

廉耻是一名卫士，
牢牢守护着道德的底线。
廉耻是一条大船，
会把你渡到仁爱的彼岸。

廉耻是一副铠甲，
抵挡着外界的攻杀。
廉耻是一片沃土，
让善良生根萌芽！

廉耻在魂灵中视察，
清除心房中的残渣。
一泓清泉荡漾胸下，
喷出的全是洁净水花。

神魂中的廉耻泯灭放荡，
肆无忌惮地生出贪婪欲望。
给国家带来灾难，
给人民带来哀伤。

秦桧就是这样一个奸相，
通敌卖国残害忠良。

被钉在千古的耻辱柱上，
成了人人喊打的祸殃。

廉耻心需要培养，
给它灌水施肥才能成长。
让它像松柏一样，
去经那千年风霜。

务实

务实是通往成功的路，
让你攀上理想的高峰。
务实是铺设人生的道，
让你驶向遥远的天穹。

排除一切务虚无果的事情，
驾着知识的列车前行。
走经世济民的路程，
脚踏实地地战斗奋勇。

远大的志向激发潜能，
会把一切困难踏平。
眼高手低就沦为平庸，
到头来必然是徒劳无功。

天大的心看似英雄，
舍近图远就难期有成。
志大才疏是一个通病，
哗众取宠必深陷泥坑。

按人民的事业定位目标，
按社会的需求选择爱好。
古人屠龙的学业应该记牢，
决不可陷入那虚无缥缈。

用务实把稳思想的航舵，
以务实掀起奋斗的波浪。

不管前进的道路多么坎坷，
只有踏实的脚步才能走过。

务实是品德的一束花朵，
绽放了才会一路高歌。
虚幻不过是茶后笑谈的佐料，
务实才是永远前进的正道。

气魄

气魄像一场春雨，
把沉睡的大地唤醒。
让万物生发萌动，
一切都按自然规律运行。

气魄像一阵山风，
呼啸着掠过高峰。
让挺拔的松柏常青，
使美丽的百鸟唱鸣。

气魄像一条大河，
浪涛震撼汹涌。
冲破了艰难险阻，
把丘陵山坳荡平。

气魄像一艘战舰，
在大海的硝烟里冲锋。
张起遮天的布幔，
把强敌的航母食吞。

气魄与胆略鼓满胸腔，
何惧那泰山压顶。
一根擎天的梁栋，
必然能壮写历史的丹青。

传德

道德统帅大脑，
指挥着各种情操。
人民的利益最高，
驱使它在这条道上迅跑。

年轻人被道德浸泡，
为祖国富强建立功劳。
时代的骄子立德鼓号，
为民族的兴旺掀动波涛。

青春的雄健循德攀高，
在开放的路上信马弄潮。
人民的儿郎范德树标，
为社会的发展引领风骚。

道德优化了人的本性，
大家攀登到素养的高峰。
共同营造社会和谐的工程，
一起创造国家经济的繁荣。

人民心中有一杆秤，
谁轻谁重很是公平。
人民心中有一本账，
谁好谁坏泾渭分明。

有德人必然要树碑传诵，
让他们永远在历史的标记中涌动。
缺德人所干的暴行，
遗臭万年也要给他厘清。

良知

良知是意念的灵动，
它是心发出的指令。
规范人在正道上运行，
以实现天下的和平。

当你看见残暴恶行，
恻隐之心便生出仁的愫情。
当你遇到贪婪不公，
大爱之心便让正义升腾。

当你看到争斗混乱的场景，
辞让之心就会祭出礼德尊容。
当你看见黑白颠倒的事情，
是非之心就会生出化解的准绳。

良知会杜绝各种弊病，
良知会把无知唤醒。
使你由愚昧变得聪明，
让你由软弱变得强硬。

良知是你的指路明灯，
更是护卫你前行的士兵。
它既让你生发创造幸福的本领，
又让你练就装容痛苦的心胸。

自省

洗澡冲走了身上的汗渍，
地面洁净是经过擦洗。
刀刃快利是经人磨砺，
自省才会使头脑清晰。

躺下来闭目休息，
像放电影一样思虑行旅。
看言行是狂放还是得体，
看处事是平和还是过激？

对学习工作是否尽心，
对师长同学是否诚实。
用公德作为标尺，
用信仰作为垄堤。

检讨自己的缺失，
纠正自己的偏执。
剔除心中的污垢，
唤醒熟睡的良知。

把自我的心灵净化，
纯洁的热血才会荡出浪花。
在自省中逐渐强大，
迈着阔步去闯荡天涯。

礼貌

礼貌是人际交往的行为规范，
诚恳地向别人表达尊重和友善。
大家都具备这种文明习惯，
社会风气就会向好的方面发展。

礼貌像一团灼热的火焰，
能烧退他人的冷漠和傲慢。
礼貌像一块碧玉润人心田，
能消退他人的暴躁和贪婪。

礼貌像和平的使者，
为对方输送惠风和温暖。
礼貌像盛开的鲜花，
把芬芳的香气洒满人间。

行为失据会丢了尊严，
胡言乱语会没了脸面。
失去礼貌是自毁形象，
丧失友谊还招人讨厌。

礼貌的养成是在少年，
它是人成长的关键时段。
知道了礼貌与事业相关，
你将来才会走得很远很远。

品德 气度 才干

道德统帅才干，
才干是道德的兵源。
两相英勇作战，
再难攻的堡垒也会使红旗招展。

你写出了问鼎天下的诗篇，
没有德的滋润不过是堆放的情感。
你能把天下最美的歌曲献演，
没有德的冶炼不过是技艺的展现。

要想使品德高尚成范，
就得把肚量和气度拓延。
大肚量可撑船扬帆，
大气度可云绕山巅。

要想使肚量和气度如海如天，
就得把天下的知识收揽。
知识在实践中应用转换，
就会收获品德人望才干。

修身

别人玩耍时你在书海觅寻，
就会随心所欲驾驭智慧之神。
抛开歪理邪说把马列坚信，
卫道思想就会在你心里扎根。

剔除贪欲之念把仁义的根基夯稳，
品德就像松柏一样碧绿醉人。
放下计较之心把是非明辨，
道义在你心里就像天平一样精准。

脑海开拓得像天空一样无垠，
人民的事情就会在心里翻滚。
心房打造得如大海一样宽深，
国家强大就会震慑任何敌军。

生活中降下了坎坷苦难，
就当是春风滋润禾田。
人生路上的大河高山，
不过是脚下的一个泥丸。

身穿道德和知识的铠甲，
就会在风雨中翻爬滚打。
素养修炼成钢骨铁架，
双肩就能担着社稷天下。

树品

人品不但是金铸的风骨，
更是神魂的引擎。
像一面美丽的旗幡舞动，
招展在人群之中。

人生的酸甜苦辣，
经历的艰难困境。
像焦炭燃起的高炉，
炼出精金美玉般的品性。

若有一点卑污的念头，
或有一点邪恶的情愫。
绝非男子汉的洁净，
更不是顶天立地的英雄。

做一件惭愧的事情，
有一桩悔恨的言行。
泰山北斗般的人品就被移动，
众人鄙视而少人尊敬。

用好人品美化心灵，
用好人品踩踏路径。
才能在天地间闯荡远行，
为人民建立惊天泣神的大功。

计利天下

国家设立学堂，
把天下的英才培养。
让他们济世安民，
让他们卫国守疆。

他们筑牢了卫道思想，
在实践中百炼成钢。
心里倒海翻江，
肩上有了担当。

树立胸怀天下的志向，
坚定计利天下的主张。
一时之利是惠民的甘露，
万世惠民才是学子追求的辉煌。

谋利自身不过是鼠目寸光，
要深虑把后代的事业弘扬。
留名万世供人念想，
北斗七星才有了它的气场。

积德

积德就像囤粮，
以备树立榜样。
积德如风神吹走了云的遮挡，
让天下人都沐浴阳光。

处处有积德的场景，
人人都有积德的担当。
各自有不同的能量，
积德的大小也互为异样。

如果你守土一方，
治河疏导排除祸殃。
修渠引水五谷满仓，
把福祉润泽到百姓心上。

是教师站立讲堂，
把知识的闸门开放。
精心地给学子输入营养，
让他们都成为国家栋梁。

是医生救死扶伤，
用慈善的心为病人思量。
用高超的艺术驱疾祛疫，
使病人都尽快痊愈健康。

是贤士流落林芒，
忠诚建言群众的呼声梦想。

扶危救难解除他人的哀伤，
风俗淳化就散发出芬芳。

积德不言德绝非宝珠埋入土场，
百姓已把他的好处刻在心房。
从小树立积德的思想，
格局之大就会去倒海翻江。

自尊

天生我材必有用，
争魁夺冠在心中涌动。
以这样的自信面对人生，
自尊的大厦才会建成。

刻苦读书转换本领，
实践磨炼铸锻品行。
像高山一样受人仰慕，
像大河一样被人尊敬。

在自律中规范言行，
敬人是自尊的本性。
把自傲抛进沟坑，
诚心接受他人的批评。

花儿开得再红，
孤芳自赏会把机会葬送。
盲从不是自尊者的个性，
驾驭大局于万花丛中。

妄自菲薄会招人讨厌，
自暴自弃是断送前程。
落落寡合是在孤独中煎熬，
只有自尊才会群情相拥。

气节

气节是追求真理的丰碑，
博大的精神能与日月同辉。
年轻人把它看得比金子还贵，
谁都想塑造这样的人格。

危难的民族流着血泪，
呼啸着杀向敌垒。
纷飞的弹雨何所惧畏，
在浴火中锻造生的新机。

赴边塞筑建铜墙铁壁，
青春涌动把祖国捍卫。
侠骨的芬芳会使山河秀美，
用鲜血洗涤豺狼的污秽。

陶渊明风骨成铸不为五斗小米，
奸邪才会为之弯腰弄媚。
做人就要遵法守纪，
金钱怎能买断你的骨气。

气节让人铁面无私，
气节使人守正刚毅。
处处维护人民的利益，
时时为国家筑建护堤。

忠厚

忠厚的品德与日月共行，
忠厚的情操同山河永恒。
忠厚的人被同志尊敬，
道义是他蹈规的路程。

谎言被他判了死刑，
哄骗被他埋葬荒岭。
他的话像山一样厚重，
他的话像地一样实诚。

对人没有半点虚假感情，
对事没有一点招式摆弄。
一就是一的铁钉，
二就是二的准绳。

遇事谦让不是一时的高兴，
待人厚道就是他的本性。
恳切和气一腔忠诚，
真实得像根负重的梁栋。

忠厚人看似愚鲁不明，
实则蕴藏着很大潜能。
正义常在胸中涌动，
对奸邪是水火不容。

忠厚人可以托事，
忠厚人可以托孤。
天下人如果都范学忠厚，
纷繁的社会将趋于太平！

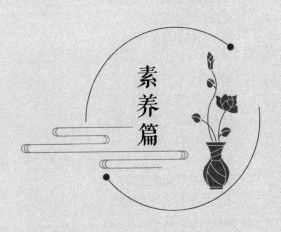

素养篇

交友

事业是一群朋友智慧的结晶，
交友的标尺是道合志同。
朋友是你的智囊帮手，
朋友是你相依为命的弟兄。

天下人各有自己的素养，
不是谁都能做你的朋友。
益友会帮你改错进步，
损友会把你带入迷途。

邪僻者你远离劝阻，
高尚者你尊重仰慕。
对人的长处要善于欣赏，
在范学中奋力追求。

胜过你的常请教互助，
不如你的更应竭力爱护。
都碰着心儿交往，
大家才能一起成长。

爱朋友就像爱手足一样，
朋友才会时时为你思量。
一起忧患民族的强大，
共同探讨治国的良方。
心灵在一根弦上弹唱，
携手排遣人民的彷徨。

朋友的父母就是自己的父母，
朋友的子女就是自己的儿郎。

情意似大海般的深邃，
友谊如青松般的翠苍。
进可托事，退可托孤，
这才是交友的最高理想。

防欲

人生来就有欲望，
欲望是人前进的力量。
然而过旺的欲望，
会让你变得迷惘。

美酒会激起饮的欲望，
财富会勾起贪的欲望。
这些像颗颗炸弹一样，
埋在你人生的路上。

多少人踩踏了地雷，
毁灭了人生的清白。
多少人被物欲困惑，
忘记了英雄本色。

一个纯洁高尚的人，
牢牢掌控欲望的大门。
一旦有邪念萌发，
摇篮里就把它扼杀。

一个贤能严谨的人，
对各种贪欲严密设防。
像战士守城一样坚强，
像卫士护道一样站岗。

青少年用道德筑起防火电网，
一股清流浇灌他们成长。
追求人格的伟岸高尚，
将来为社会树立清廉榜样！

勤与懒

勤与懒是一对孪生兄弟,
他们各有不同下场。
懒散了会慢慢堕落,
勤奋了会一路高歌。

勤能使贫穷变得富裕,
懒能使富裕沦为饥荒。
落后了勤会让你迎头赶上,
进步了懒会让你落伍哀伤。

随遇而安是懒的畅想,
得过且过是懒的思量。
欢乐欣喜是勤的乐章,
险峰绝顶往往传来优美的演唱。

勤在书山寻路徜徉,
学海里张帆摇桨。
懒把意志消磨殆光,
糊涂浑噩在梦幻中游荡。

勤能让事业热烈宏大,
懒因散漫而毁了大厦。
勤能补拙使智慧生发,
懒不劳作就把穷根扎下。

天下多少难事,
勤都让它有了解答。

勤是美德让人光华，
勤是本色质朴了全家。

天下多少好的事情，
都因懒而随风飘刮。
懒在消沉中葬送了前程，
懒在逍遥中把一生摧垮。

天道酬勤万物才会滋生，
人道酬勤百业方能升腾。
青少年能把勤的习惯播种，
人生路上就满是收成。

言不是非

是非破坏了家庭的美满，
是非造成了集体的离散。
是非挑拨了真挚的友谊，
是非毁灭了人性的良善。

是非是人为的灾难，
多是些小人凭空杜撰。
手段是挑拨离间，
目的是乱中乘便。

说是非的总是巧言善辩，
他的行为善于遮掩。
叫听的人迷惑上当，
也跟着他们随风播传！

君子的胸怀坦荡，
公正豪爽敢于直面。
分歧再大当众交谈，
背后绝不说长论短。

维护大局的担当在肩，
磊落的素养需要攀缘。
修养心性强化内敛，
言不是非是做人必需的实践。

慎思

人谋事不要慌慌张张，
三五同志坐下来慢慢商量。
认真分析利弊得失，
然后客观地决定方向。

轻易草率必然丢失智商，
情绪冲动就会行为鲁莽。
差之毫厘会惨败沙场，
追悔莫及是何等悲伤。

大胆排除诸多障碍，
深思熟虑淘汰各种幻想。
周密计划步步担当，
慎思凝重是成功的保障。

突发事件像扑来的海浪，
让人一时迷惑无方。
慎思后生出策略主张，
乌云密布的天空变得敞亮。

少儿时就磨炼慎思素养，
慢慢铸就严谨思想。
不管万千事态变幻无常，
你都能在纷乱中掌舵领航。

莫埋怨

做错了事情，
破灭了希望。
失去了机会，
阻碍了理想，
埋怨之情就萦绕心上。

埋怨天地，
埋怨师长。
埋怨亲友，
埋怨同窗，
一下子失去了素养。

埋怨是无能者的发泄，
埋怨是失去理智的狂想。
越是埋怨越显得你缺乏智商，
你也将在埋怨中败光。

不要埋怨，
在自己身上寻找答案。
不要沮丧，
重新点燃理想的火焰。
不要萎靡，
跌倒了爬起又能登上山巅。

远虑

你站在高山的顶端,
大地是那样的旷远。
处事就要这样远瞩高瞻,
走在时代发展的前沿。

用理性审视客观,
在混乱中厘清脉线。
小利益会扰乱心绪,
盲目决策必招祸患。

心境沉稳智慧浮现,
洞察思谋方显远见。
在今年就要想到来年,
处处从大局着眼。

大小事都蕴含一个理念,
决策时要想到未来的变迁。
敢于面对实践的检验,
尽量减少事态发展的负面。

远虑是智慧与素养的综合体现,
从小就要在滚打中磨炼。
一个心怀天下的有志青年,
才会远虑思考国家的发展。

炫耀

人没有了底气就会炫耀，
炫耀是虚伪的牌照。
为了把自己抬得很高，
在炫耀中就露出浮躁。

炫耀知识，炫耀才干。
炫耀聪明，炫耀美观。
炫耀功劳，炫耀财钱。
一副沾沾自喜的脸面，
在无知的路上已走得很远。

大智若愚是何等的深沉，
大巧若拙又是何等的逊谦。
做人要厚重沉稳，
做人要诚朴谨严。

炫耀会遭人妒忌，
傲慢是欺人毁己。
矜夸自大能招来怨恨，
张狂放荡会湮灭业绩。

谷底

人生像流水一样，
有时静静地流淌，
有时你会落入谷底，
有时你会站在浪上。

身处谷底不是人的向往，
谁都不愿在此徘徊恓惶。
但你千万不可自弃不扬，
否则你的人生会更加悲伤。

谷底有谷底的艰难，
谷底有谷底的希望。
在忧闷中生发力量，
在荆棘中奋发开创。

踩踏出一条弯曲小道，
迂回曲折地冲上山岗。
与峰峦一起奔腾，
你的人生又是一段辉煌。

人可在谷底埋没，
人可在谷底飞黄。
如何把二者取舍得当，
全在自己跳动的心房。

谦虚

谦虚像大海一样，
任江河往这里流淌。
人皆为师汲取营养，
哪里都有学习的文章。

谦虚就像天下的粮仓，
装不尽的小麦高粱。
苦口良药铭刻在你心房，
忠言劝告回响在你耳旁。

谦虚是你心中的标杆，
把自己胸内的空间丈量。
谦虚是良医开出的药方，
以人之短疗治你的创伤。

只有保留谦虚的素养，
智慧就会成为你的翅膀。
具有了谦虚的思想，
知识品德会把你武装。

谦虚把胸怀开拓得宽广，
收纳天下尽有的宝藏。
在汹涌澎湃的海上，
你永远能乘风破浪。

团结

团结是力量的源泉，
团结是智慧的生源。
团结是事业的屏障，
团结会克服一切困难。

要为人民做出贡献，
必须做团队精神的典范。
要使自己的人生壮大伟岸，
得把团结的素养在心中刻撰。

用宽厚包容同志的缺点，
用敬重维护同志的尊严。
用谦虚赏识同志的才干，
用忠诚和同志打成一片。

为了工作可以争辩，
在论辩中巩固团结的防线。
为了友谊坦诚交谈，
在互爱中增进团结的发展。

有了团结的信念，
你会像钢球一样旋转。
不管战斗在哪个岗位，
都会站在工作的前沿。

气度

有人的气度犹如海洋，
有人的气度能装山岗。
有人的气度如同麦芒，
有人的气度和针尖一样。

气度大的人心怀天下，
想着民族的复兴，
想着人民的幸福，
想着祖国的强大。

他们应对社会问题，
是那么从容潇洒。
他们对眼前的困难，
又是那么镇静豁达。

气度小的人只顾小家，
想的是自己的得失。
想的是圈子利益，
想的是个人造化。

心里装不下一小滴水，
眼里容不下半点土渣。
像只小鸡一样和人争斗，
大浪扑来却胆怯害怕。

气度是人格力量的升华，
它和品德紧密相连。
气度多大事业多大，
格局的大小全靠自愿。

稳当

做人要稳稳当当，
切不可肆意张狂。
在长辈面前言无遮挡，
与同辈说话趾高气扬，
这都会给你带来哀伤。

做人要稳稳当当，
在朴实敦厚中成长。
贪逸会乱了思想，
奢华会丧失立场，
如此会飘飘然不知方向。

做人要稳稳当当，
用理智塑造形象。
不分场合乱说乱嚷，
待人接物失据慌张，
在无形中失掉了做人的模样。

做人要稳稳当当，
在严谨中释放智商。
事来了急躁惊慌，
取闹中蛮横逞强，
不看就知道你是几斤几两。

稳当是人格价值的体现，
稳当是做人的严格规范。
在纯朴中追求境界的高远，
在磨炼中实现修养的完善，
只有稳当才能走向人生的顶点。

待人

对同志敬如上宾，
同志就把你看成亲人。
为事业携手前进，
友谊就越交越新。

爱人是天性的体现，
扶困救危永怀善念。
伤害他人是执刃自残，
悔恨杜绝是人性的升迁。

他人具有技艺专长，
他人树立的品德高尚。
谦逊的情怀激荡，
征途上有了榜样。

发现了他人的过错，
诚恳提醒像个师长。
吹毛求疵还肆意刻薄，
抵触怨恨会使两情相伤。

听到人对你的赞扬，
谦虚谨慎勤勉更忙。
诽谤的话传到耳旁，
检查自己的言行是否得当。

宽厚待人是一种气度，
君子们都在尽力追求。
和谐给你铺平了道路，
春风把鲜花撒满征途。

吃亏

有人多占你应得的金钱，
你把立场转换。
想到他人的困难，
理解他人的贪婪。

邻人多占了你的地盘，
你想到三尺巷的事件。
吃亏的意念在你思想萌发，
谦让后两家握手言欢。

评先进你具备了各种条件，
激烈竞争让领导为难。
宣布退出供同志遴选，
众人看你像仰望南山。

遇到便宜你视而不见，
逢到吃亏你竭力实践。
处处成就他人的夙愿，
忠厚做人是你的底线。

吃亏是舍弃也是贡献，
吃亏是牺牲也是喜欢。
它能帮人渡船，
它能解人心烦。

每一次吃亏，
都是把挡路的石头搬迁。
心灵得到了洗礼，
境界也开发得深远。

毅力

你的理想宏阔远大，
没有毅力的奋发也是白搭。
你的意志坚强奋发，
没有毅力的持续也会软化。

毅力就像转动的马达，
不断给你把力量增加。
入云的山峰险要陡峭，
你也能慢慢地翻过悬崖。

毅力像山坡上的小泉，
持续不断地喷射水花。
千回百折的流程算啥，
奔到大海才是它的想法。

毅力像一匹神幻无穷的天马，
驮着你在天地间奋勇搏杀。
艰难险阻不过是美餐佐料，
给你不时地把营养增加。

毅力像一头勤劳的黄牛，
拉着满载的车在泥泞路上行走。
气喘吁吁汗水直流，
不紧不慢地走到尽头。

毅力成就了愚公移山的伟大，
毅力会写下英雄成功的佳话。
毅力会让你抒发横溢的才华，
毅力驱动你筑建事业的大厦。

浮躁

浮躁像根点燃的导火线，
对谁都有引爆的危险。
话不投机，事不顺心，
随时都会冒出争斗的硝烟。

浮躁像一片落叶漂在水面，
水流到哪里就在哪里搁浅。
不管事好事坏，事易事难，
不思虑就轻率议论评点。

浮躁像根易折的麻秆，
只能做引火的材料让人点燃。
没有耐性，缺乏主见，
像夏季的天一样随时翻脸。

浮躁需要心灵的熔炼，
使你变得静雅稳健。
浮躁要在情操的炉膛打锻，
使你变得理智柔韧谨严。

胆识

胆识像架望远镜，
能把很远的图景看清。
以超人的胆量做出决定，
攻守即在瞬息之间运行。

胆识像个放大镜，
迷雾被它照得清楚分明。
是沉默还是斗争，
他启动了智慧的心胸。

胆识像台显微镜，
一团乱麻被它缕析得条分齐整。
是织布还是合成大绳，
他心里筹划着远大的事情。

胆识像个深谋远虑的艄公，
避开汹浪压来的险境。
驾着小舟在浪尖上掠影，
到彼岸高歌胜利的喜庆。

胆识是知识与意志的熔炼，
胆识是谋略与气魄的塔灯。
经国济民的精英，
必须让胆识如影随行。

言行

话语是处事的宣言，
行动是劳作的实践。
人们习惯把言行融会相连，
其实它们各有不同的内涵。

言为心声是千古的理念，
心浪起伏语言就随之变幻。
慷慨激昂时使人震撼，
意气风发时让人仰看。

但不能轻易拜倒在他的面前，
语言的巨人向来是大话连篇。
言不由衷是他博人的特点，
言过其实是他们诱人的手段。

行是展示道德的场面，
行是实现理想的机缘。
敢于沐雨迎风，
敢于蹚河爬山。

沐浴枪林弹雨，
翻腾大海云烟。
知行合一才能循道攀缘，
言行一致才可打出一片蓝天。

听其言始知风云弥漫，
观其行才见真金峰峦。
年轻人既要喊出壮志心愿，
更要用行动证实才干。

见识与才干

用规律推测事物的发展方向，
能解决众人看不清的迷惘。
凡事都用超前的思想，
规划出他人想不到的奇方。

事情正干得顺当，
能察觉出它的变故灾殃。
这就是人们所说的见识能量，
社会就需要这深远的目光。

事情办得如乱麻一样，
你却很快将其捋得顺当。
战斗眼看就要以失败收场，
你施用谋略却在阴雨天出了太阳。

矛盾激化得像江水翻浪，
场面呈现着一片混乱吵嚷。
你用胆略居然把乾坤扭转，
这就是人们公认的才干。

见识是知识的转换，
才干是世事的磨炼。
见识指导着才干，
用才干才能把见识实现。

遇事求己

困难摆在你的面前，
给你造成极大麻烦。
你是去求神拜佛，
还是去算卦抽签？

东奔西跑找人乞怜，
眼望星空盼贵人出现。
抛开命运的缰绳，
只能躲在暗处哀号悲叹。

绝望时你要想到自己，
就会变得浑身是胆！
用艰辛踏出通道，
用智慧排除困难。

扼住命运的咽喉，
追寻自己的梦想。
哪怕拼搏厮杀，
哪怕激烈争抢。

发现了自己，
就会力量无穷。
认识自己，
就会无比英勇。

遇事要向自己求助，
这是人应具备的本能。
发挥本体的能动，
事情就无往不胜。

自信

忽略了自己的存在，
等于向人生缴械。
天地万物的精华，
全在你的身心驻扎。

轻视了自己的脚步，
等于丢失了应有的前途。
只有在自信中奋斗，
才会创造千垂不朽的成就。

敢于评说古人的功过观点，
说明你的心志高远。
敢与今人在治平范畴争辩，
说明你的知识正在溢满。

一人胜过千人的胆量，
这是自信者的向往。
只要把这颗心装入胸腔，
任何奇迹都会闪烁在前方。

缺乏自信的人总把怕字写在脸上，
被自卑束缚了思想。
年轻人要想着奔波闯荡，
用自信燃起惊人的气场。

自律

自律是情愫的总闸，
它是心志修养时自定的律法，
它是澄清意识后生发的盔甲，
能自觉抵御各种污秽的冲刷。

孔明在纷乱的时局中弄潮斗打，
用智慧把强敌各个攻下。
鞠躬尽瘁实现了自律的强大，
死而后已又把自律推上云崖。

赵抃用自律锻造出精神风发，
对太后屡屡劝谏。
一身正气行走华夏，
到哪里都风正邪怕。

于谦的自律是留下清白，
两袖清风成为天下至归。
忠诚挽救明王朝的安危，
谁人不敬重贤人的品德？

内圣的高德在自律中完善，
外王的功绩在自律中创建。
从小养成自律的习惯，
才能为国家做出贡献。

意志

意志是性格的脊梁，
意志是情感的导向。
意志是品德的卫士，
意志会把行为调控得当。

人有了远大的理想，
意志就应更加坚强。
在苦斗中神情飞扬，
在坚持中实现愿望。

实践像熔炉一样，
把意志炼成坚韧的钢。
在风雨中佩一把响剑，
意志引导你自己去闯。

风云变幻处处迷茫，
独立思考方能见到太阳。
意志像指南针指引方向，
走自己的路才不会彷徨。

生活中有许多岔道，
寡断者会迷了方向。
成败总是在瞬间缥缈，
果断决策全靠意志驱散迷惘。

集体是成就人的地方，
纪律、制度、法规、人望。

墨线规矩了方圆，
意志在打磨中变成利剑。

思想是人的灵魂，
意志是护卫的战神。
披荆斩棘奋斗沙场，
你的人生才会壮丽辉煌。

坚强

坚强是人神魂的堡垒，
任你万弹齐发。
任你烈火烧它，
巍然屹立的还是这座铁塔。

坚强是人闯荡的盾牌，
不管是乱箭射杀，
还是雨淋风飑，
谁都会败在它的脚下。

坚强是思想的卫士，
能使你坚贞不屈，
能使你坚韧不拔，
是永远无法撼动的山崖。

坚强像个钢铸的铅球，
事业会越滚越大，
品德会不断升华，
你会成为天地间一道亮丽的彩霞。

如果怯懦主导了你的性格，
见了风就逃离，
见了雨就躲避，
人生路上就会一败涂地。

事不负人

人的高尚在于内敛，
心灵强大才会处世自然。
光明磊落不是摆给人看，
对得住自己才是关键。

不管你是聪明还是愚顽，
不管你是短浅还是旷远。
只要你对人一片诚善，
大家都会称颂喜欢。

相处不欺不诈，
待人不傲不慢。
以此为做人底线，
征途才会始终平坦。

在利益面前，
谦让是你的观点。
亏待别人，
会给你带来忧患。

事不负人，
你才会轻松坦然。
人负了你，
也不要老记心间。

那些负人的人，
仅得一时喜欢，
到头来还是乱了头绪，
丢了尊严！

自立

人自身要有知识，
人自身要有力量。
这样才会像青松一样，
屹立在悬崖畔上。

人自身要有才能，
人自身要有理想。
这样才会像大河一样，
永远不息地流向远方。

重担压肩时能一面独当，
群雄并立时能召唤定向。
危难来临时能率众抵抗，
凯旋狂欢时又能冷静思量。

人不能自立，
就对外力寄予希望。
凡事都向别人伸手，
凡事都向他人求帮。

靠山山会倒，
靠水水会流。
这样的人怎能负重，
这样的人怎能担当。

看风雨中的小树，
吹倒了又站立起来，
站立起来又被吹倒。
它的根扎在了大地，
在风雨中长成栋梁。

果断

多少人当断不断，
失败总是与他做伴。
把伟大的事业葬送，
留下了千古遗憾。

遇事说办就办，
决策本身要承担风险。
出奇制胜在于果断，
雷厉风行往往凯旋。

迟慢是信心不足，
寡断是缺乏主见。
刚毅是立勇当前，
果断是争取机缘。

把众人的策略集合心间，
用大脑加工冶炼。
果断不是冲动时的突变，
而是听谋纳谏后的神算。

果断是智慧的高度灼燃，
关系事态的成败急缓。
这个素养要从小磨炼，
用时方能凸显才干。

威望

威望是人与人信任的基点，
威望是人与人互敬的思念。
威望是做人处世的门面，
威望是人生开道的旗幡。

玩弄虚假谎言，
被人一眼就会看穿。
肆意欺诈行骗，
很快就会败露在众人面前。

坚守自己的本真良善，
才会心地纯正地面对苍天。
正大磊落地立足天下，
就不怕他人的蜚语流言。

不为利益改变自己的承诺，
固守一切高贵的理念。
不管邪风狂吹滥漫，
始终站在正义一边。

厚道地对待亲友，
诚信地处理事务。
做一位风雨无阻的旗手，
大家都会跟在你的身后。

威望像个扬帆起航的大舟，
宽阔的江河任你游走。
眼前的风景还没看够，
大船又驶向另一个码头。

本分

喜事来了不要张狂，
坏事来了不要忧伤。
本本分分地做人，
一切都很平常。

对人不要尖酸刻薄，
对事不要得理不让。
宽厚地与人交往，
始终是诚朴的心肠。

不与人争名夺利，
不与人说短论长。
朴朴实实地处世，
坚守道德的高尚。

踏踏实实地工作，
诚诚恳恳地做事。
吸纳天地的正气，
追求人性的善良。

本分不是寒酸，
本分不是低调。
它是做人的境界，
它是人们向往的形象。

吃苦

苦是人成长的营养，
它的味道与黄连一样。
它会使百花含苞待放，
每朵花都能绽放出芳香。

苦里蕴藏着无穷的力量，
它像个耕云播雨的龙王。
滋补着小苗慢慢成长，
让棵棵栋梁长满山岗。

苦像个烧炼的炉膛，
把一块块毛铁冶炼成钢。
让你风骨飞扬，
让你意志坚强。

苦像一片风吹浪起的池塘，
把心中的污垢尽情涤荡。
让你豪情万丈，
让你品德高尚。

苦像一碗营养丰富的温汤，
给你的每个细胞提供能量。
让你身体健壮，
让你实现理想。

能吃苦的人练就了翅膀，
人民把重担放在他的肩上。

为祖国走向繁荣富强，
为民族复兴贡献力量。

有些人败落在吃苦面前，
疲软得像枝缺水的莲。
个人的前途一片黯淡，
还给父母增添了麻烦。

国家把能吃苦的学子召唤，
人民把能吃苦的孩子收揽。
能吃苦的孩子从不抱怨，
吃苦应是成才的必须磨炼。

责任

不管是匹夫还是英雄，
不管是淑女还是巾帼。
为人民谋福就像江河东流，
为国家担责就像面对苍穹。

先忧后乐是对人民的承诺，
像黑夜闪亮的一弧电波。
年轻人的心里燃起一团烈火，
经世济民的责任在心里刻着。

张子厚的"四为"思想，
是天下学子的共同担当。
大家都奋斗在这条道上，
世间的万物都会安宁和畅。

国破敌侵是民族的哀伤，
顾炎武南北呼号热血流淌。
"天下兴亡，匹夫有责"，
是万古燃烧的光芒。

计利应计天下利，
是担当国家责任的嘱托。
求名需求万世名，
是兴旺民族事业的圣火。

责任是个秤砣，
千斤的重量由它担着。
责任是座青山，
日月星辰由它顶着。

韧性

一束麻拧成长绳，
便有了坚韧特性。
能取水于百米深井，
能攀爬到高山之顶。

细小的钢丝合成大绳，
韧性是它特有的功能。
不管物体多么沉重，
它都能将其提高移动。

韧性是意志的卫兵，
韧性是坚强的神经。
韧性是等待的魂灵，
韧性在艰难中把耐心滋生。

韧性是股无穷的力量，
它会使心志坚韧刚强。
面对任何险恶都以沉着应对，
能在摔打中进退舒张。

韧性像山崖上的一帘瀑布，
会造就滴水穿石般的辉煌。
它又像钢丝铝线一样，
是连接你灵魂的网。

你如果缺乏韧性的素养，
性格就会变成易折的棍棒。
跌倒了只会无奈地彷徨，
机遇就从你身边全都跑光。

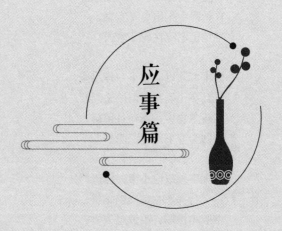

应事篇

应事

没事时心也不要空闲，
小心谨慎像有事一般。
心里设一道防线，
防止意想不到的变故出现。

有事了不要方寸大乱，
泰然自若像没事一样闲散。
在镇静中生出主张方案，
把危机消除在萌芽阶段。

处小事须以应大事一样尽全，
认真在正确与错误两边判断。
不疏忽怠慢，不苟且敷衍，
否则会埋下危险的隐患。

处大事须以应小事一样谨严，
正义与邪恶总是交织难辨。
不胆小怯懦，不惊恐失措，
在平静中运筹帷幄。

舒缓事要当作急事督办，
延迟了往往会步履维艰。
紧迫事却要沉稳舒缓，
错误常常出于急躁忙乱。

处难事要镇静耐烦，
切不可失明无策优柔错断。
易决事不能轻心忽玩，
要像应对难事一样倾心督办。

应变

任何事情绝非静止不变，
也许会朝着相反的方向发展。
身居安逸就要想到危险，
事业顺利就要想到灾难。

没有远虑就没有防范，
时移世易常在旦夕之间。
你缺乏应变的才干，
往往会出现一片混乱。

警钟长鸣是心灵的呐喊，
博大内敛是应变的磨炼。
不管事态如何变换，
你都能提出应变方案。

应变是运筹决策时的灵动方案，
应变是知识活用时的智慧转换。
应变是实践策略时的取胜更变，
应变是世态突变时的高度判断。

应变时把格局升华，
应变时把气度放大。
潜能因应变受到了挤压，
能力就在应变中爆发。

像海绵一样把知识吸满，
智慧库里才能把这个素养增添。
出现了紧急事件，
才会随机应变转危为安。

改过

日月星辰在经天纬地，
风雨雷电就随之伴行。
人在社会上活动，
过错也定会发生。

珠璧上有些瑕疵，
剔除后就完美艳盛。
明镜上有了尘垢，
擦掉了仍旧光明。

改过是开自新之路，
改过是审视言行的尺度。
以浩然之气面对错误，
心灵就亮如明镜。

在明处改过常被人称颂，
在暗处改过是范学贤圣。
厚德载物如天雨临风，
迷途知返会百事垂成。

子路善于改过，
成了圣贤的楷模。
御夫诚心改过，
磨炼成一个哲者。
李世民勇于改过，
激荡着千古长河。

仰不愧苍天，
俯不怍地灵。

夜不辜衾被，
昼不负身影。

在宇宙争做完人，
在乾坤勇做英雄。
与天地合其德，
与日月合其明。

判断

人生的道路很是漫长，
迷途岔路让人彷徨。
关键时要判断方向，
这是你无法绕过的山岗。

是护民还是虐民，
是卖国还是爱国。
是斗争还是忍让，
是前进还是退场。

把前因后果刻在脑上，
客观分析是判断的智商。
权衡利弊是判断的柱梁，
主观决策是判断的胆量。

判断正确，
事业会更加辉煌。
判断失误，
会造成不利的影响。

判断是意志的升降，
判断是魅力的张扬。
判断是智慧也是素养，
判断不误会成就德望。

从小对事情要有主见，
主张就在心边口边。
这样日积月炼，
遇事就会做出正确的判断。

兴趣

兴趣是生发力量的源泉，
它会把抱负和梦想点燃，
它会把精神和智慧呼唤，
让人慢慢地走出黑暗。

不管你的生活环境多么艰险，
不管你面对的处境多么困难。
兴趣像一炉燃烧的火炭，
给你冰冷的心带来温暖。

不管你的目标多么遥远，
不管前进的路途有何阻拦。
兴趣像一匹奔腾的骏马，
把你驮到迷人的峰峦。

兴趣像一缕和煦的春风，
把心灵中的阴霾吹散。
坚持能创造明天的灿烂，
收获硕果去迎接金灿灿的秋天。

看历史长河上的明星辉映，
哪个不是兴趣培养出专长。
兴趣开辟了一个个奇异洪荒，
兴趣成就了一代代人物巨匠。

明辨

明辨是一种功能，
它的使用需要德行。
这就如权衡重量的砣秤，
不然在是非面前会失去公正。

国家面临痛苦灾难，
大是大非要清楚明辨。
这时把爱国的情怀鼓满，
在道义面前铁肩敢担。

民族面临生死存亡，
你抛下妻子儿郎，
你离开故土家乡，
舍生取义是明辨的崇高担当。

人们因利益发生了冲突，
你要出面公正地劝挡。
树起大公无私的旗帜，
让各方都对你信服拜访。

明辨是为了平息争斗，
明辨是对和谐的追求。
明辨是伸张正义的推手，
明辨是破浪前进的大舟。

明辨存在生活中的方方面面，
转眼间就要划出对错界限。
践行中切实把品德修炼，
再复杂的场面都能把是非明辨。

耐烦

年迈的艄工撑着船杆，
殷切地把过客渡到彼岸。
不管是风雨雪阻，
不论是水急狂澜，
是勤苦磨出的耐烦。

病人对护士发怒埋怨，
她总是笑容满面。
换针送药反复叮咛，
像天使一样送去温暖，
这是职责生发出的耐烦。

老师被学生围在中间，
争相提问还不停论辩。
一盆炭火照亮了学生的脸，
阳光细雨都洒在他们心瓣，
这是育人圣火烧出的耐烦。

家里有幼小的儿男，
一会要吃一会要玩。
一会和邻家的娃娃吵闹翻天，
母亲总是精心呵护照看
这是天性赋予她的耐烦。

耐烦是素养的一面，
耐烦是职责的伸延。
从小养成耐烦的习惯，
做人就会树立德的典范。

用耐烦勤韧奋发，
用耐烦摸爬滚打。
你的学业才会渊博飞跨，
你的事业才会兴旺发达。

亲贤

贤人用品德把风俗净化，
贤人用智慧使事物通达。
贤人用毅力推翻篱栅，
贤人用忠诚赢得天下。

国家亲贤就变得强大，
政权永远在整装待发。
单位亲贤会夺冠获甲，
都争先恐后施展才华。

家庭亲贤会兴旺发达，
筑建出美满幸福的人家。
三人行必有贤者为范，
在熏陶中把志向实现。

贤人的命运坎坷多难，
身受迫害或被人视而不见。
贤者并不因此悲叹，
总在寻找机会贡献才干。

社会主导的是亲贤爱贤，
贤人是青年追求的典范。
栉风沐雨艰苦磨炼，
做一个撬动历史的杠杆。

冒险精神

干事业定有风险，
这是机遇也是挑战。
奋勇者把冒险精神点燃，
在风口浪尖寻找成功路线。

为国家冒险，
为人民冒险。
何惧那明枪暗箭，
骨子里藏着特殊的勇敢。

为民族冒险，
为天下冒险。
生命被推向刀尖火山，
面临生死更要挺起腰杆。

冒险者浑身是胆，
用魄力攀登高山峰巅。
怯懦者四处都是栅栏，
只能在原地哀声悲叹。

冒险不是莽撞蛮干，
它是方略与胆识的冶炼。
在冷静中方寸不乱，
让计划与目的完美实现。

探索精神

翻开人类文明的史册，
尽留着探索者的脚印。
探索精神撞开光明的闸门，
一缕缕金光推动历史的车轮。

人生价值的贵贱，
在于无休止地把新知创建。
走自己的路，
是探索者独有的品格情缘。

跨越深不可测的谷渊，
拨开杂乱丛生的荆蔓。
蹚过险象环生的泽滩，
攀爬高耸入云的峰巅。

聆听未来的召唤，
在探索中开发新的矿源。
永无止境地追求攀缘，
彼岸的风光会让你陶醉呼喊。

探索不是年轻人的专利，
但立志探索正在青年。
迈开永恒的步伐，
去探寻那科学的春天！

竞争精神

大自然无休止地竞争，
万物都面临优胜劣汰的情景。
国与国顽强地竞争，
谁都不想被人肆意摆弄。

竞争像东风把一湖春水掀动，
满湖涟漪激荡出水声。
竞争像运动员在竞技场中，
谁都以夺取冠军为荣。

竞争让国家的经济飞腾，
竞争让社会呼啸前行。
竞争标志着一种文明，
人类已进入新的征程。

被人挤压才知勇中取胜，
被人追赶才知加速前行。
手握胆识与气度的魂灵，
燃烧起旺盛的竞争激情。

如果想着利益均等，
到头来只能落个平庸。
为社会留下诸多弊病，
人也会在懒散中虚度一生。

坚持

坚持就是胜利，
是一句永恒的哲语。
在坚持中等待时机，
在坚持中寻找机遇。

华罗庚虽腿有残疾，
研数学坚持不渝。
终于打出了一片天地，
成为世界级的大师。

陈景润对数学着迷，
在坚持中破解难题。
翻越了道道坎堤，
于数学殿堂张起大旗。

身残志坚的张海迪，
在文学的港湾长年坚持。
成就了几部皇皇巨著，
是年轻人永远的记忆。

有些人缺乏坚持的意志，
前进中总是三心二意。
半道上灰心放弃，
事业败落在胜利前夕。

前瞻

我们生在天地的后面，
但要知道天地前的变幻。
我们是万物中的一员，
仍要给万物找出答案。

知识在不断地翻番，
事物在不断地突变。
要知晓前面的路是明是暗，
人必须把望远的前瞻磨炼。

前瞻时要把知识灼然，
前瞻时要把智慧装满。
心里铭记人民的嘱托，
用敏锐成熟的目光致远。

按事物发展的规律前瞻，
事业垂成且有序不乱。
按自然变化的时序前瞻，
五谷的收成就会堆成粮山。

事业就像远望的峰峦，
山背面的风景更加好看。
青少年能磨炼出前瞻，
才能把甜美的硕果收揽。

沉静

性格暴躁会招来祸患，
办啥事都很难周全。
素养沉静就千祥集骈，
好事会不断生发身边。

克服躁动的良药是沉静，
治疗浮躁的方子是稳重。
暴躁在克制中消融，
平和沉静可缓解冲动。

才华横溢且性格静缓，
常怀远虑定气宇不凡。
大才就是不露水显山，
在沉静中挑起治国的重担。

智慧在胸且心志高远，
沉静的性格装容海天。
危难时能把乾坤扭转，
一扫前进路上的阻碍困难。

天地日月的真正滋味，
只有内心平静才能体会。
宇宙万物的自然法则，
只有泰然自若才能懂得。

体谅

知道了别人的隐私，
不知道体谅并为之保密。
还借此要挟困扰他的业绩，
你和他就结下了难解的嫌隙。

知道了别人的短处，
不帮他弥补或故意回避。
反而以此对他进行攻击，
酿成的灾祸会使你不得安息。

羞辱他人是卑劣的动机，
不要以为别人没有心计。
不堪忍受就加倍还击，
想辱他人反辱了自己。

他人与你争名夺利，
你要理解他急切进取的内心。
在体谅中安稳情绪，
下一船还会把你渡到朱阁仙地。

体谅像一垄长堤，
阻挡消极的侵袭。
人和人要相互体恤，
在大爱中寻找共同利益。

情绪

情绪有时像一颗炸弹，
会毁坏一个好的局面。
使良好的友谊断了关系，
让顺畅的事情也拖延难办。

你守住情绪的开关，
把它调控到最佳阶段。
不但排除了诸多难堪，
还使他人在你面前收敛。

世界上的事情变化万千，
情绪也会随之变幻。
能掌控大局的英雄好汉，
总会将情绪收放自然。

人是社会能动的杠杆，
合力组成应是团结友善。
情绪会把凝聚的集体变得涣散，
情绪会把前进的步伐打乱。

把烦躁冲动的心绪冶炼，
让情绪湮灭在理智的栅栏。
心境就变得稳健平缓，
具有破坏性的情绪就不会出现。

调适

人生的机遇瞬息万变，
它不会因为你的哀伤让你如意美满。
更不会因为你的哭诉让你成功如愿，
你只有调适心态面对客观。

哪怕有雪上加霜的灾难，
哪怕有威胁生存的风险。
你把它看作一阵微风拂过，
翻身的机会就会出现。

把喧嚣调适到平静，
把世俗调适到儒雅。
广阔无垠便是你的心境，
生命的张力就会强劲无穷。

因为困惑才变得坚强果断，
因为痛苦才有了自豪强悍。
有失败的苦难才有了醒悟无憾，
有成功的喜悦才有了自励奋前。

大胆咀嚼生命的每一个细节，
把它调适得完美自然。
认真对待人生的每个阶段，
把它调适得鲜活完善。

调适就像你手中的遥控器，
让壮丽的人生在荧屏上演。
使一切阻隔在调适中转换，
那浩然之气就回荡在天地之间。

困境

一个人陷入困境，
往往像被猎人追赶的小鹿，
在荒原上奔跑逃命。
更像关进笼子里的困兽，
声嘶力竭地吼叫寻斗。

当你陷入困境，
自己的心态就要调整。
不要在荣辱的思虑下羁绊，
不要在成败的分明下挂念，
不要在失势的利益下盘算。

当你陷入困境，
整理好思绪，
收拾好心情，
领悟透人生，
把自己的境况搞清。

当你陷入困境，
切不可剑走偏锋。
冷静地思考败落缘由，
在绝望处寻求越险的小径。

小溪绕过了山岗，
才能继续前行。
风吹散了乌云，
大地才更加光明。

以博大的胸怀，
迎接春的发生。

这行不行那行行，
这事不成那事成，
这路不通那路通。
用智慧开辟新的里程，
告别困境时就显得平静。

处世

怒骂的声音杂乱于门前，
众人围观让你尽失颜面。
你却像佛陀那样庄严，
在沉静中镇住要翻的天。

奸人造谣挑拨离间，
满城风雨把你的声誉摧残。
你泰然自若像座高山，
在淡然中消退泼天雾幔。

事关国家的强盛危难，
一腔热血在胸中滚翻。
祸福已不是思维的羁绊，
追求真理才是处世的必然。

天下的事情方方面面，
善恶的天平置放心间。
你只管惩恶行善，
不计较前面是坑是坎。

名利的冲突起了波澜，
你把礼让作为处世的上限。
他人认错已亮出观点，
得理忍让是智慧的表现。

用气度把处世的胸怀拓展，
用大度把处世的境界登攀。
用适度使处世完善圆满，
用原则使处世理通明辨。

宁静

整装待发，
在宁静中选准方向。
默默地穿过山岗，
朝着太阳升起的地方。

凯旋的歌声嘹亮，
静静地饮茶品尝。
拢住喜悦狂热，
窥测接续的辉煌。

失意的喧声吵嚷，
在宁静中扫除沮丧。
教训鼓起奋进的力量，
决策时提高智商。

你在贫困的羁绊中彷徨，
宁静让你在奋发中奔向小康。
你被推到富有的榜上，
宁静会驱散你的奢华狂妄。

你闪烁着权力的光亮，
静穆调控着你的念想。
不腐不贪，不懒不狂，
把人民的寄托担在肩膀。

心灵的宁静，
像块巨石压舱。
任它狂风恶浪，
船都会在大海中不失方向。

信任

信任是彼此吸引的磁场，
信任是携手共进的智商。
一个人要健康成长，
必须具备让人信任的素养。

用道德统帅思想，
用知识把自己武装。
不管是强大还是弱小，
对人都是诚信至上。

用信任在团队中领航，
事业就顺畅辉煌。
用信任和人交往，
会换回他人的高望敬仰。

遇到困难有人相帮，
喜事来了有人分享。
像鱼儿在水中游徜，
像鸟儿在蓝天翱翔。

信任像一枚人生的标签，
把它郑重地挂在胸膛。
这样你就会乘风破浪，
乘着船儿扬帆远航。

大度

有人对我诽谤，
我不但不与他争辩，
还宽容他的诬陷，
任坏话四处蔓延。

有人使我蒙冤，
我泯灭了仇怨，
并主动填平沟坎，
让时间去做裁判。

有人侵占了我的利益，
我体谅他的困难，
不与他计较，
更不宣扬他的贪婪。

是非窝里浊浪翻滚，
议论我长长短短。
面对奔来的口灾舌难，
我像个大肚佛一样笑而不言。

不用论辩，
不必呐喊。
时间会把清白送还，
春雨会洗净青山。

灾难的苦水把我浇灌，
我像松柏一样屹立崖畔。
俯视天下的胸怀是多么坦然，
大度使我在汹涛中抵达彼岸。

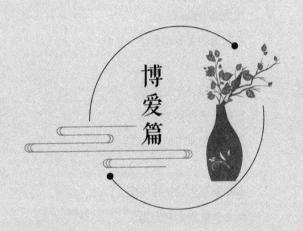

博爱篇

私欲与大爱

公理与私欲在心里交锋，
私欲往往奋勇取胜，
再亲密的朋友也会结怨生梗。

与世间的万物亲密相融，
大爱就会默默滋生，
再疏远的关系都会结为弟兄。

私欲会成就你的事业，
私欲会毁掉你的人生，
它是一把双刃的刀锋。

大爱能把人的良知唤醒，
相互关爱着走向大同，
人与人都是那样的真挚透明。

大爱是联系万物的纽绳，
私欲是生发贪婪的田埂，
二者在水火中相杀相生。

把私欲关进笼中，
让大爱占领心胸，
你的事业就不断升腾！

阳刚之美

你是个英姿勃勃的青年，
阳刚之气充满红润的圆脸。
高大的身躯穿着合体的衣衫，
儒雅的举止让人敬慕喜欢。

你勤奋质朴，
你坚强勇敢。
你热情爽朗，
你大方诚善。

面对亲人的病痛，
你体贴柔肠。
面对国家的危难，
你怒发冲冠。

助人为乐是你的理念，
扶危帮困是你的实践。
像大厦一样巍峨敞亮，
为人们遮风送暖。

外美是一道风景，
内美是一座大山。
正气如虹在天下行走，
威武不屈才把阳刚露显。

阴柔之美

女人是天下美的精华，
自然把美的因素全都给她。
充内形外是尽全的表达，
不同的感知都自成一家。

维纳斯是断臂的美神，
成了西方几千年美的神话。
神秘的微笑醉满了蒙娜丽莎，
黑色的衣裙沉稳着卡列尼娜。

楚国的美女美得在高低上增减，
卫国女子的美目巧笑令人顾盼。
罗敷的美让众态异然，
飞燕的美成了倾国典范。

王昭君的美遍染了广袤草原，
文成公主的美溢满沟壑山巅。
花木兰把美的追求推到高点，
梁红玉杀敌保国写下了壮丽诗篇。

秀外慧中又那么正气凛然，
柔和质朴又那么时尚扑面。
贤能博爱心气高远，
淑雅智巧慈祥良善。

外美像一朵花，
内美像一尊佛。
其实人类远大的理想，
才是女神们对美的执着。

感恩

父母像一片天，
生我养我让我在风雨中磨炼。
感恩的意念永远铭刻心田，
怎么孝敬都报答不完。

老师是知识源泉，
用智慧把我殷切浇灌。
让我脱掉愚昧衣衫，
走遍天涯海角都把老师感念。

困难把前进的道路羁绊，
挚友激励并帮我渡过难关。
真挚的友谊扣人心弦，
报恩的念头常在心中浮现。

国家育才兴办学堂，
又提供发挥才能的地方。
它在我心中至高无上，
决心以性命捍卫它的富强。

天置四时让人春种冬藏，
地有南北让人辨别方向。
顺着自然规律实现理想，
感恩天地是我追求的德望。

感恩是良知铸建的礼堂，
它会把品德推向更高的山岗。
知道感恩日月会更加明朗，
践行感恩山河也会生光。

关爱

弄懂了宇宙万物的道理，
心里就会燃起爱的火把。
民族的事在心灵生根发芽，
胸腔里装着自己的国家。

乡邻的大伯大妈，
就像自己的亲爹亲妈。
敬他爱她，
亲他想她。

同学有了坎坷困难，
如同自己遇到了麻烦。
帮他助她，
信他念她。

一方发生了灾荒，
就像疾病生在自己身上。
连夜请医诊治救亡，
尽快驱除灾区的祸殃。

心灵有了爱的历练，
胸怀就能装下蓝天。
棵棵栋梁长得高大伟岸，
爱的大河就会把大地浸漫。

知道关爱天下的苍生，
知道心系社稷的危难。
像一株美丽的木兰，
花儿永远开得鲜艳。

养心

心是人意识的指导，
养心就是怎样把人做好。
养心要像春天一样温暖柔和，
养心要像秋天一样阴冷萧瑟。

心要养得豁达，
才能装容天下的亲疏万物。
心要养得谦虚，
才能接纳世间的善美丑恶。

心要养得平静，
世上的成败方可深言论阔。
心要养得沉稳，
才能体察事理的曲直对错。

心要养得坚定，
才能应对天下的雷雨风波。
心要养得刚毅，
才能在风雨中结出硕果。

仁是养心的食粮，
德是养心的乳浆。
心志在沃土上成长，
祖国遍地会长满栋梁。

养能

从小就培养才干，
在实践中慢慢磨炼。
一棵小苗迎风招展，
眼看着就会长得参天。

用公正明达浸润你的精气神元，
用精心专一滋生你的通达思辨。
用机敏沉稳孕育你的高识远见，
用刚毅博大陶冶你的气魄志坚。

用果敢发挥你的坚定善断，
用庄重升华你的气量虎胆。
用宽容装载你的气度宏愿，
用严肃屹立你的操守如山。

用聪明辨识你的知近知远，
用关爱养成你的心底良善。
用礼仪度量你的行为规范，
用胆气铸造你的坚强勇敢。

才能是成就事业的刀剑，
自养外练才能切实展现。
如此武装了一代青年，
祖国才能昌盛发展。

炼心

人生路上的艰难险阻，
正是炼心扬帆的江河大湖。
人世间的温暖冷酷，
正是铸造心志的熔炉。

各种场合的是非不清，
正是修养德行的场景。
大千世界的阴暗晦明，
正是树立气节的田垄。

面临深渊薄冰，
正好砥砺处世的心境。
哪怕一无所有，
赤手空拳也能把路打通。

心志时刻以自律为绳，
错误就会悄悄远行。
心志丝毫不怠慢纵情，
欲念就会泯灭无影。

顺境时一路扬帆，
用谦虚沉稳面对景观。
逆境时前程阻断，
用豁达智勇越过高山。

修养

心志专一而无杂念，
行为磊落且有规范。
说话严谨杜绝妄言，
诚信是做人的标杆。

胸怀坦荡不自我欺骗，
对他人更是湖水清浅。
仰头大笑无欺于天，
慎独才是做人的铜鉴。

对得起父母的养育期盼，
对得起兄弟的护爱情缘。
对得起亲友的鼓劲呐喊，
才能在起跑线上飞速向前。

刻苦求学不愧老师的诲言，
互帮互助不愧同学的情感。
用心修己不愧学校的意愿，
学子就是要这样坦坦然然。

不负国家压在身上的重担，
不负人民的美好心愿。
不负自己的学识智慧才干，
把心血全都化作对社会的贡献。

正心

以积财之心积累学问，
你的知识就会渊博高深。
以求名之心树立品德，
你的品性就会如玉泽润。

以爱父母之心关爱他人，
温暖的春风就会放歌长吟。
以保性命之心卫国劳神，
国家就会长治安稳。

以助兄弟之心帮扶贫困，
天下就会消除怨愤。
以护子之心护爱弱小，
社会就能和谐平顺。

以敬畏之心遵纪守法，
监牢里就少把罪犯关押。
以责任之心担当天下，
天降甘霖必会均匀大家。

怜悯

把怜悯种在心田，
它会长出善念。
适时引水浇灌，
善行就会扶危救难。

小树要长成栋梁，
怜悯是它生长的土壤。
不管风雨雷电，
人民总是它心中的神坛。

品德是做人的标杆，
怜悯是它树立的底盘。
世情再复杂纷乱，
心里总悬着正义的宝剑。

人道是治世的理念，
怜悯像罗盘一样指南。
天下的弱者得到温暖，
共同富裕的列车飞驰向前。

幼小的心灵用怜悯陶冶，
到处就会洒下爱的雨点。
雨露滋润着人的喜欢，
祖国的花朵会开得鲜艳。

基石

基石驮载巍峨的大厦，
基石托起入云的宝塔。
没有基石的铺垫，
草房瓦舍也会塌陷。

人民是社会的基石，
托举着社稷蓝天。
历史的车轮在这里运转，
世间的沧桑在这里演变。

人才是国家的基石，
重负着富强安全。
用智慧促进经济发展，
用科技推动国防的强悍。

父母是家庭的基石，
盖起结实的家园。
为天伦相聚提供庭院，
营造温馨幸福的港湾。

儿童是人类的基石，
肩负着未来的景观。
精心打磨才会阳刚好看，
自我锻造方能处之泰然。

基石有千年的奖状，
基石有万年的勋章。
壮丽的大厦要永远辉煌，
全靠基石的担当。

潇洒

西方列强给中国输送鸦片，
人民在煎熬中备受摧残。
林则徐奉命在虎门销烟，
禁毒壮举映红了南疆海滩，
这个潇洒磅礴出民族威严。

左宗棠率军西征，
把阿古柏的叛军荡平。
将沙俄军队赶出边境，
新疆筑起边塞长城，
这一举潇洒捍卫了领土完整。

钱学森心里高燃爱国火焰，
美国的阻挠让他心志更坚。
逾越了无数惊险艰难，
踏入国门才笑出灿烂，
这一步潇洒让国人仰望称赞。

陈景润在数学的世界钻研，
在星空饱览美丽的夜晚。
攻破哥德巴赫猜想的谜团，
轰动的成功让世界震撼，
这个潇洒彰显了中国人的才干。

潇洒不是舞池中的拥抱扭动，
潇洒不是饮酒时的宣泄放纵。
它是精神层面的风韵咏颂，
它是功绩神坛的凯歌彩虹，
青少年就是要追寻这样的壮美人生。

忧愤

屈原被奸人挤出朝堂，
在湘江的水边流浪。
幽怨昏聩的君王，
担心祖国的灭亡。
为楚国的百姓忧伤，
因德政的湮灭绝望。
在忧愤中投入汨罗之江，
着意挽回楚人的振兴希望。

靖康耻把岳飞忧愤的心火烧旺，
还我河山是他的最高理想。
国破家失给人民带来灾难，
又慨愤朝廷苟且求和的妄幻。
岳家军把敌军赶过黄河，
奸相与金人勾搭密商。
以莫须有杀害了一代忠良，
他的忧愤把民族精神升到天壤。

蒙古铁骑摧毁南宋政权，
收拾残局压在文天祥的双肩。
一腔忧愤对着高天雄燃，
无畏的气概让胜利者腰弯。
日月星辰的光芒为他赞叹，
零丁洋的寒风为他呼喊。
忧愤中筑建了壮美的精神家园，
《正气歌》吟唱在历史长河的两岸。

为国忧愤就是纬地经天，
为人民忧愤就是血泪共担。

忧愤会把沉睡的民族唤醒，
忧愤是升华精神的能源。
让孩子吸吮历史的乳浆，
忧患意识就会在心里成长。
把古今的贤人当作榜样，
就不乏后人为祖国站岗。

游历

读万卷书是读书，
行万里路更是读书。
走遍祖国的山河，
花鸟虫鱼都让你把知识捕捉。

看到山丘大川，
便意悟灵奇秀峨。
看到江海湖河，
便意悟浩瀚浪波。

看到蓝天白云，
像听到天籁之歌。
看到朱霞横卧，
像登上蓬莱仙阁。

看到红梅翠竹，
就思虑谦逊春潮。
看到白杨松柏，
就铸立骨气节操。

听到鸟鸣虎啸，
便生欢快雄豪。
赏看虫鱼嬉闹，
便发愉悦情苗。

自然的伟大武装了你的头脑，
万物的灵性成就了你的渊博。
要练就一飞千里的翅膀，
就紧紧与有灵性的万物融合。

人心

心是生命运动的开关，
它像个生产车间。
出品礼仪德范，
锻造思想理念。

好心肠就像天使，
给人带来幸福温暖。
坏心肠形同魔鬼，
给人送去痛苦灾难。

良善纯洁是人对心灵的礼赞，
忠诚正义是人心所树的标杆。
千古以来的大家圣贤，
都在修心养性的圣碑上刻篆。

礼仪显示人心的大小近远，
道德规范人心的高低长短。
行为藏匿人心的险恶善念，
言语展现人心的谦逊横蛮。

人的心有了素养，
到哪里都会有闪光的亮点。
人的心得到了净化，
到哪里都能给社会做出贡献。

人的心如果放纵荒原，
就会滋生各种邪念。

伤人夺财沦为罪犯，
给社会带来危害混乱。

忠贞报国是千古的箴言，
居家行孝是永恒的理念。
孩子以此把自己的心灵浇灌，
栋梁就会长满祖国的水水山山。

故乡

留给我永远的记忆是故乡，
在那里我度过了最美的时光。
儿时的伙伴总跑在我的脑畔，
老想那月亮驱走院中的黑暗。

雄鸡常打断我的梦幻，
小狗狂奔后有群童追撵。
牛背上驮回了爸爸的繁忙，
夏蝉唤来了灶膛的炊烟。

夕阳染红了村前的老树，
鸟鸣伴奏着村人进餐。
妈妈在昏黄的灯下纺线，
我坐在一旁翻看书卷。

故乡的人生活得安静平淡，
黄土上筑起了幸福的乐园。
诚朴厚道是各家的祖传，
勤劳刻苦是各自的宣言。

故乡是我入梦畅想的被窝，
故乡是我躲风避雨的港湾。
就算我在地球上走得再远，
怎么也走不出对故乡的思念。

雪中送炭

朋友的公司即将破产，
几百名员工面临下岗危险。
你救助的资金像甘露降诞，
老板与员工都欢声一片。

邻居的大妈孤苦可怜，
你常给他送去温暖。
大妈辞世热丧难殓，
你让她入土为安。

大叔的儿子考上名校，
一家人愁得汤水难咽。
你像及时雨落在他家房间，
帮孩子填平了升学沟坎。

大爷身患疾病多年，
儿女们把积蓄花完。
你像爱自己的父母一般，
很快把善款送到大爷面前。

有同学家中困难，
无法解决一日三餐。
你省吃节俭，
帮同学走完求学阶段。

趋炎附势者锦上添花，
雪中送炭是大爱的表达。

宽广的心像草原跑马，
穷困人的难题得到解答。

贤能者为社会树立榜样，
少年成长才算有了营养。
从小确立救人济世思想，
天下到处就会洒满阳光。

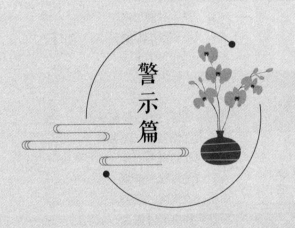

警示篇

交往

社会是人的社会，
交往是人应具有的能量。
人在交往中铸造情商，
交往本身也会把人炼成精钢。

你有真诚友善的心地，
你有诚朴贴心的语言。
就有了磁石般的引力，
就有了春风般的温暖。
人们都愿和你挚谊，
在交往中结为金兰。

你的心胸像门缝一样狭窄，
你的语言像刀子一样尖酸，
宛如三九的寒风击面，
人们就把你视为难缠。
面对奸猾刻薄的伙伴，
谁都会和你离得很远。

交往是友爱的平等分享，
交往是相互的愉悦欣赏。
用欺诈哄骗，
施阴谋放暗箭。
不但要断了交往，
还会仇恨相伤。

帮他人把前进的灯光点亮，
自己的路也会光明宽敞。
交往时多为别人着想，

交往时多替别人担当。

诚信是交往的灵魂，
它像根金绳牵系双方。
"鸡黍相约"的故事传遍古今，
管鲍之交是人们学习的榜样。

交往的目的不是结帮，
是品德智慧才能的合唱。
一群人携手奋进，
意在实现事业的辉煌。

计较

计较是感情的冲突，
计较是名利的争斗。
计较是怨恨的发泄，
计较是气愤的鼓手。

你把计较含在心头，
身心会煎熬忧愁。
灾难会随身游走，
伤害的刀子像插在胸口。

计较没有胜负，
两败俱伤是各自的归宿。
心灵得不到安抚，
还落个与人好斗。

面对名利你主动谦让，
谁还来和你计较。
对他人的争斗你老远回避，
你还和谁计较。

愉愉快快地生活，
轻轻松松地走着。
计较高低又能如何，
计较先后又能怎么？

以浩然之气面对人生，
有啥能大过无边的天河。
与同伴携手奔波，
一起从艰难的路上走过。

天资

有人聪明也有人愚鲁，
聪明者总是令人仰慕。
然把聪明当成财富，
到头来却是聪明反被聪明误。

自恃天赋而不刻苦，
脑子灵动却欠诚朴。
思路发达易入歧途，
对学业往往是粗放疏忽。

笨拙人一般都老实憨厚，
知道自己的资质不足。
把勤奋刻苦当作首筹，
在循序渐进中追求持久。

凡学就率先起步，
在反复练习中融会贯通。
沉稳思考是他们的本能，
不间歇地寻求成功。

实现人生的目标不在资性，
龟兔赛跑的寓言令人深省。
不管你是愚笨还是聪明，
只能用发奋与勤苦来拼输赢。

祸福

前进的路上拥满人群，
避祸求福是他们的内心。
天却有不测风云，
旦夕之间祸福降临。

诚心祈求得不到福分，
只有养德积善认真修身。
以乐观的心态处事交人，
才算你寻到了得福远祸的根。

灾祸有时可以躲避，
只要你清除脑海里的敌意。
只要你泯灭心灵中的仇隙，
灾祸才会从你身边远离。

幸福敲开了你的大门，
以平常的心态笑迎张臂。
不盛燃欲火而贪得无厌，
不得意忘形而骄奢淫逸。

灾祸突然降临，
以冷静沉着展现雄姿。
用横逆困厄锤炼意志，
经风雨磨炼而锐意进取。

或福或祸不过是人生的戏剧，
大喜大悲也只是感情的横溢。
行走在天地间的勇士，
都把这看成奋斗时的经历。

淡然看富贵

富贵是一朵鲜花，
谁都想把它占有。
富贵是一块磁石，
都顺着它的引力奔走。

有人积累了丰厚的财富，
在那里温馨地享受。
你不要嫉妒，
也无须羡慕。

你也成了一方富翁，
形态矜持心中平静。
不肆意炫耀，
不蛮横骄纵。

把财富看成天下的财富，
把权力看成人民的拥有。
对个人不过是烟雾聚散，
在时空不过是云彩飘浮。

心胸像海阔天空，
帮助周围的穷人致富。
打开慈善的门户，
为祖国的建设筹谋。

品德是低劣还是高尚，
绝不是钱财的富足。
不管你是富有还是贫穷，
品德才是天下人共同的追求。

空谈

空谈像一场暴雨，
会淹没肥沃的农田。
空谈像一阵冰雹，
会把禾苗的枝叶打残。

战国时的赵括，
奉命抵御入侵的秦国。
他只有纸上谈兵的战果，
给赵国带来灭顶的灾祸。

马谡是位三国人物，
空谈迷惑了诸葛。
失街亭丧失伐魏谋略，
鲜血流在了空谈的旋涡。

西晋王朝败退江南，
士大夫北望故国心生悲叹。
聚众畅饮还仰头呼唤，
复国报恨只局限在空谈。

有人的志趣淡然，
放松学习而沦为浮浅。
身无长技就信口空谈，
两手空空举步维艰。

有的人志存高远，
满腹才学却夸夸其谈。

把空发议论当成优点，
在空谈中埋没了自己的才干！

空谈贻误家国，
空谈把理想绞杀。
空谈像一个气球，
在空中炸了自家。

刻薄

刻薄的人性格乖张，
用偏执主宰心房。
把极端看作正常，
自私是它的指导思想。

与人交谈总是逆风而上，
用尖酸的话语指短论长。
不管听着是痛是伤，
总还是舞枪弄棒。

处事不懂得谦让，
有点小利就攥住不放。
仁善在那里敛了光芒，
得理不饶还逼人彷徨。

格局像针尖一样狭小，
占便宜是他通常的愿望。
没有宽阔的肚量，
常与人有些拌挡。

断了人脉，
失了人缘。
大家都对他望而疏远，
落得个憎恨与厌烦。

贪念

贪念一旦进入你的心房，
你就像喝了迷魂汤一样。
利令智昏像个蛤蜊，
把什么东西都往怀里刨揽。

又像个可怜的奴隶，
任凭贪念把你使唤。
让你占不该占的便宜，
让你拿不该拿的金钱。

贪念让你伸长了手臂，
贪念让你肆无忌惮。
皇帝买马的钱都敢挪用，
人民的血汗都能霸占。

由小贪变成巨贪，
由过错变成罪犯。
在贪念中堕落，
在贪念中收摊。

手里提着打水的竹篮，
这时才悔恨往日的贪婪。
年少时就要磨炼出百般清廉，
用血汗换取自己该得的钱。

势利

势利把世态分为炎凉，
势利使人情有了忧伤。
富贵权宦替换上场，
势利之风让人迷惘。

对富人低三下四，
削尖了脑袋给他献媚。
对权贵恭敬亢卑，
钻营巴结织网关系。

对穷人颐指气使，
嫌他穷还侮辱他的人格。
对贤人不屑顾及，
漠视他的才干还攻击他的品德。

势利者前倨后恭，
势利者紧黏猛趋。
他们不顾一切趋炎附势，
他们千方百计争名谋利。

因势利沦陷了人格，
堕落为卑鄙虚伪。
人们都把他唾弃，
他自己也感到难有立足之地。

借鉴苏秦的嫂嫂，
引训朱买臣的荆妻。
用历史的镜子照看古今，
从小就要把势利的思想剥离。

拖延

父母叮嘱了多遍,
你却迟三慢五一再拖延。
错过时间失去机缘,
不吸取教训反养成拖延习惯。

老师的教学按部就班,
同学们都紧追猛赶,
你却次次把作业拖延,
每次大考都名落孙山。

禾苗受了干旱,
本该及时浇灌。
看着太阳你懒而拖延,
结果收成减了一半。

两军对垒交战,
盼援兵如望星汉。
保实力你拖延迟缓,
结果造成了惨败的局面。

突发灾祸四处蔓延,
灾民们急需疏散救援。
政令不显且行动迟缓,
因拖延给人民造成了灾难。

拖延阻碍人生的发展,
拖延与事业的成败相关。
人成长的阶段杜绝拖延,
争朝争夕才不愧为一代青年。

安闲

安闲是青少年的陷阱，
无事游荡会养成坏的习性。
安闲是青少年的火坑，
把宝贵的时间全都烧净。

肚子里只刮着一股清风，
脑海里没装下任何本领。
水面上漂着一叶浮萍，
还抱怨社会不够公平。

不管是富是穷，
磨剑待发必须趁着年轻。
谋个职业修好进取的路径，
才能燃烧奋发向上的激情。

学一样手艺使自己精通，
走遍天下都会被人尊敬。
既解了父母忧愁，
还会让妻儿称幸。

职业与收入有了保证，
生活才会升腾康宁。
安闲是老年人的意境，
青少年绝不可误作人生。

侥幸

你偶尔得到一点利益，
或意外占了一点便宜。
千万别沾沾自喜，
这是侥幸而不是功绩。

成功是勤奋与智慧的积累，
侥幸是意外与偶然的聚会。
机遇会突然给你降临，
但不是人人都能捡到黄金。

侥幸在你心里据地占位，
荒漠就侵入你的灵魂。
泯灭了求实拼搏的心，
投机取巧还给自己寻找原因。

幻想着上天掉下馅饼，
偷懒耍滑就慢慢滋生。
好逸恶劳成了习性，
侥幸就毁了你的前程。

不劳而获会引导你犯罪，
心存侥幸永远抓不住机会。
清扫思想中的污秽，
脚踏实地才是做人的本色。

羡慕

羡慕是美好愿望的表达，
羡慕是心中力量的爆发。
它像燃烧的一束火把，
给你把奔跑的能量增加。

羡慕的选择有明显的界限，
千古哲理规范了各种想法。
该羡慕的就去努力追寻，
不该羡慕的就别想它。

羡慕能吃苦耐劳的好汉，
他会在实践中把命运改变。
羡慕心胸宽阔大度的典范，
他会息事宁人让天下平安。

羡慕忠厚诚信的赤子英男，
他会把人品升高到新的局面。
羡慕英勇无畏的钢铁战神，
它会为国家民族创建功勋。

羡慕知识渊博的学子哲人，
他会为人类的进化开拓创新。
羡慕志存高远的智囊谋士，
他会在危难中战胜敌军。

羡慕权宦你会被势利羁绊，
羡慕富贵你会变得残暴贪婪。
羡慕游乐你会变得轻佻贪玩，
羡慕奢华你会变得好高骛远。

自大与自卑

聪明是他先天的财富，
读了万卷书行了万里路。
渐渐地不知天高地厚，
好像世间没有他的对手。

处世专横好斗，
对谁都吆五喝六。
把自己看成天降奇才，
动不动就飞扬跋扈。

在麦芒上跳舞，
必然会掉入深坑。
严谨而不轻狂才会立德建功，
敛华而不傲慢才能奋发飞腾。

生性实诚憨厚，
读书也刻苦用功。
总怀疑自己的才能，
无法与别人并行。

对人老是高看卑恭，
处世老是畏惧惶恐。
在自卑中丧失了仅有的血性，
在怯懦中消磨了做人的本能。

生发争拼的气度，
唤醒潜伏的激情。
用自信把灵魂中的羸弱驱净，
在奋勇中重写不一样的人生。

小利误功

你若是鼠目寸光，
只看那一尺见方。
小利让你神情发狂，
小名让你热泪盈眶。

不顾一切去拼命争夺，
不惜一切去奋力杀伤。
虽然得到了一点荣光，
可人品却酸臭远扬。

误了远大的前程，
失去了人生的光芒。
才情像东去的流水，
说不尽的满腔愁肠。

君子要有胸怀天下的志向，
与大千世界一起喧嚷。
肩上扛着民族的兴亡，
心里燃着爱国的火场。

不为国建功不算建功，
不为民谋利不算谋利。
不管你小算盘打得再响，
历史会把你抛到八荒。

聪明

谁都想变得聪明，
聪明确能出众。
然却面临两种可能，
而且决定着你的德行。

聪明在正道上运行，
才干就像一眼泉涌。
智慧层出不穷，
谋略会把历史的车轮掀动。

一座座大厦建成，
一条条河流疏通。
为人民的事业建功，
美德也在不断地攀升。

聪明走进了歪道胡同，
人就变得邪佞。
聪明的系数越高，
所犯的过错就会越重。

伤害了人民，
残虐了百姓。
给国家带来危难，
耻辱柱上刻有他的臭名。

聪明是天生的本能，
关键是如何导向应用。
要想聪明不被聪明误，
何去何从应铭记于心灵。

立身

不管是贫穷还是富有，
不管是公仆还是百姓。
立身于世都一样平等，
就看你的作为能否受人尊重。

你是个百万富翁，
骄奢淫逸在闾里横行。
人们看到你就像见了虎豹狼虫，
投来鄙夷的目光和一片怨声。

你是一方的父母官，
不做护民爱民裕民的典范。
而是肆无忌惮地贪婪，
人们早就把你埋葬在故乡的荒原。

你是个一贫如洗的穷汉，
勤劳刻苦经营家园。
诚信睦邻乐道纯憨，
人们都用敬重的目光把他仰看。

富人要有善行天下的理念，
公仆要有身担道义的铁肩。
穷人在苦难中践行仁礼的内涵，
大家都要在德品的范畴中完善。

立身就如给自己画像，
或美或丑全以作为视看。
从小就接受人民的检验，
口碑就树立在天地之间。

扎根

天下之物必有其根，
有了根才是天地的儿孙。
日月给它输送精华，
大地给它提供养分。

心术品德是做人的根，
这个根要扎得很深。
凭着它去闯荡世界，
依靠它去成就乾坤。

有了这个根，
成长时会静静地规范修身。
经国时会用才智为民长吟，
卫国时就会勇猛地杀伤敌人。

没有扎深这个根，
就像醉汉一样歪斜发昏。
就像疯人舞剑一样乱伤人心，
就像茅草一样变成浮尘。

小树扎好了根，
才会长得高耸入云。
少儿扎深了根，
才能在风雨中点亮神魂。

丢人

父母是刨土的农民，
多么纯朴亲近。
你却嫌他们满身土气，
怕在同学面前丢人。

你的学习处于后进，
不思虑如何努力。
而是谎报成绩，
怕在家长面前丢人。

你犯了一点过错，
不考虑如何改正。
便偷偷地说谎瞒隐，
怕在老师面前丢人。

这是你的羞愧幼嫩，
更是你的虚伪蠢笨。
成长路上的千错万错，
也不该有这样的悔恨。

什么是丢人？
成熟的思想会拨开你心中的乌云。
要想一辈子不丢人，
摸爬滚打在奋斗中追寻。

靠山

谁都想找个靠山，
能跳跃前进攀上峰巅。
千方百计和富人结伴，
隔三岔五与权贵攀缘。

山倒了打碎你的梦幻，
水流了你还站在原点。
这时你望着山水兴叹，
迷茫中变得高大强悍。

把健壮的身躯化作巨船，
用雄厚的知识作为桨板。
仰望高德是定夺方向的舵盘，
聪明才智就像扬起的风帆。

巨浪打来你能把它击碎，
波涛扑来你能渡过险滩。
不管江河湖海多么凶险，
你都在艰难中到达彼岸。

这时春风为你歌唱，
这时百花为你怒放。
人们敬重地把你仰望，
你才明白自己是自己的靠山。

繁杂

幼小的心灵要思虑专一，
否则繁杂的欲念会涌进心里。
分散了你的求学精力，
使你在繁杂中心志惘迷。

繁杂是一堆乱麻，
会撕碎你的心意。
给你输送混乱的消息，
让你在苦闷中变得沉寂。

繁杂像一阵时疫，
会伤坏你的心壁。
使你眼花缭乱，
使你身心疲惫。

繁杂像一丛杂草，
会纷扰你的轨迹。
搅乱你奋斗的方向，
摧毁你思想的大堤。

敲响驱赶繁杂的警笛，
把心灵打扫得干净如洗。
在成长的路上一心一意，
精力充沛才会登高远极。

和而不同

和而不同是智慧凝结的高点，
包容独立呈现了文化的内涵。
为了一个目的各自立言，
百家争鸣就涌动在几千年前 。

人云亦云是社会的弊端，
邯郸学步就很悲惨。
万事万物都在发展，
怎么能是千人一面。

独立思考是做人的素养，
标新立异是人应做的创建。
各自塑造自己的形象，
决不对他人的牙慧垂涎。

他有他的百炼成钢，
你有你的一尘不染。
他有他的花团锦簇，
你有你的寒梅翠竹。

他有他的诗情画意，
你有你的深邃论断。
他有他的轰轰烈烈，
你有你的磊落等闲。

他有他的明白清楚，
你有你的难得糊涂。
他有他的深沉潇洒，
你有你的拼搏奋斗。

各自用动听的音符，
把悦耳的歌声合奏。
这样的生活才会和谐，
这样的文化才会丰富。

疏忽

疏忽之念在心灵中一闪，
注意力就会分散。
关注度在旺盛中缩减，
出错的迹象就会出现。

疏忽和大意相互为伴，
事情的成败就会露出倪端。
各种因素也出来添乱，
关羽失荆州是多么悲惨。

疏忽了就会动摇意念，
左右摇摆做不出判断。
迷迷糊糊抓不住要点，
在错误的路上越走越远。

疏忽了往往偏执己见，
过分强求自己的方案。
使事物不能顺其自然，
这样会败落在客观面前。

疏忽会流入散漫，
对啥事都失去谨严。
马马虎虎地面对考验，
辉煌的事业会毁于一旦。

习惯

养成良好的习惯，
生活规律还有节奏感。
幸福牵着快乐来到你的庭院，
事业也向成功的方向发展。

有了坏的习惯，
生活无章还引人讨厌。
心志消沉往往伴随灾难，
人生路上不时会有磕绊。

习惯是自控自律的行为循环，
习惯是意志磨炼出的心灵规范。
它能使你品德高尚，
也能使你人格卑贱。

习惯影响你人生的走向，
习惯决定你行程的近远。
人人都在社会上奋战，
就看你播种什么习惯。

习惯是时间打磨的生活构件，
意志的雕刻又能把它改变。
驾驭人们共同追求的习惯，
就会翻越前进路上的座座大山。

富贵功名

人们都向往富贵功名，
并为之奋斗一生。
然什么是真正的富贵功名，
大凡世人都未弄清。

通古知今，中外皆明，
或精于一技，或博于一行。
且能把知识化为本领，
这才算世间一位富翁。

不管是富有还是贫穷，
不管是官宦还是百姓。
只要把廉耻作为准绳，
这便是富贵的内容。

为国家建功，
为民族建功，
哪怕流血牺牲，
有益于人民才是功的特征。

用道德化俗引向，
用知识泽被田疆，
用行为树立榜样，
名的光辉才会照耀四方。

勤勉与消闲

天下最浪费的是消闲，
它是游乐时的一场盛宴。
天下最便宜的是勤勉，
它不过用了自己该用的时间。

消闲滋生各种坏的习惯，
诱惑许多学子把人生走偏。
游戏打到深夜还不听劝，
坠入享乐根本走不进读书乐园！

一有空闲就将手机把玩，
在虚无的世界里消磨整天。
身心受到了摧残，
消闲也把你推到崖岸。

勤勉使孩子经受磨炼，
把一分一秒都握在手边。
在书海里摇桨划船，
才能拥抱那春的烂漫。

有志者在勤勉中寻找机缘，
别人闲暇时他还加班。
对知识像个吃不饱的饿汉，
赛跑中肯定夺取桂冠。

年轻人只有勤勉，
老年人才可消闲。
如果颠倒了这个时段，
它的代价会无法偿还。

羞辱

面对羞辱，
有人立即亮出宝剑。
或打斗，
或论辩。
赢了争一点情面，
输了就更加悲惨。

有人隐忍成全，
在强势面前服软。
顺你说的去办，
也不强舌分辩。
内心却燃着一座火山，
将来要变得强悍。

有人以退为进，
显得那么冷静平淡。
用沉默为盾牌，
用神志为城堡。
像山一样威严，
让辱人者自丢颜面。

羞辱是人生历程的一种磨炼，
如何化解是对你智慧的考验。
羞辱时的强大是柔韧，
羞辱后的奋发是震撼。
韩信的故事蕴藏哲理，
张良的启示更加深远。

愚人

愚是因为错误的判断,
把反面当成了正面。
还乐此不疲地养成习惯,
于是在愚的路上就走得很远。

把奢侈挥霍当成享福好玩,
把乱交狐朋当成爽快有缘。
把欺诈行骗当作智谋高远,
把贪婪攫取当作人性本然。

把争强好胜当作气派非凡,
把怒气暴烈当作神情威严。
把胡作非为看成情理展现,
把胡搅蛮缠看成才能施展。

愚人把黑看成白,
愚人把长看成短。
愚人把轻当作重,
愚人把近当作远。

愚人的偏执幻妄,
正是贤者的忧愁熬煎。
但愚人也可成为圣贤,
这得有脱胎换骨般的锤炼。

浮华

你因浮华而变得缥缈，
望眼总是不切实际的目标。
虚妄搅动了膨胀的心绪，
好像落叶在水面上流漂。

孤芳自赏关闭了求实的门道，
一味轻浮常心烦气躁。
对啥事都热讽冷嘲，
对啥人都轻蔑低瞧。

内心的质朴被浮华淹没，
华丽的外表隐藏着丑恶。
心里总向往奢华的生活，
虚幻中迷失方向就常常走错。

不良的品德把你推到崖畔，
污浊的脏水把你的心灵侵漫。
思想意识呈现混乱，
言行也就变得怪诞。

疾病威胁着你的健康，
治愈了才会杜绝哀伤。
在求实中把前程开创，
你才能奔驰在康庄道上。

贫穷的孩子

你家庭贫困，
更应该奋发向上。
改变目前的境况，
实现家境的小康。

把贫困化作力量，
在书海中徜徉。
驶向知识的彼岸，
争当祖国的栋梁。

在贫困中蹚出一条大道，
把自己炼得浑身是钢。
于风雨中翻爬滚打，
于坎坷中拼搏冲杀。

用勤奋书写历程，
用理想生发才华。
多少贫家子弟，
都在弄潮中领头跑马。

安贫乐道是儒家的教化，
今天的青年绝不可学它。
由贫穷走出人样，
由贫困走向发达！

富有的孩子

你的家境富有，
具备成才的基础。
切不可放任自流，
成为遭人唾骂的纨绔。

读书你没有后顾之忧，
吃苦应视为享受。
不要对现状满足，
为国尽力才是你的追求。

你的祖上拥有财富，
就该具有大的气度。
想着为社会贡献，
想着为人民造福。

急人民所急，
忧人民所忧。
让天下人没有困苦，
让天下人都很富有。

小家富了让大家更富，
这才是富家子弟的抱负。
放眼宇宙的空间，
心里装着小小的寰球。

机会

机会就像一把命运的钥匙，
给你把人生的门路开大。
但它像束缥缈的星火，
浮动在你前进的关卡。

你看不见它，
便会在彷徨中忧愁尴尬。
你抓不住它，
就只能在原地苦闷慢踏。

你看见了它，
心里就燃起希望的火把。
你抓住了它，
就会迈开脚步奋勇出发。

等待机会是消极的处事方法，
这个运气不是谁都能够觉察。
创造机会才是命运的急流冲杀，
事业必在自己的掌控中兴旺发达。

机会均等本身就是缺乏逻辑的话，
谁能把机会公平地分给大家。
因为机会是个挚情的老妈，
总是喜欢勤奋者的超人才华。

怨气

面对现状，
动不动就怨这怨那。
办事出了错差，
怨气上来就大肆喧哗。

自己的事业没有发达，
怨气就弥漫在你的天下。
前进的路上出了点小岔，
怨气就像气球在空中爆炸。

自己的利益受到扼杀，
怨气像一阵大风吹刮。
自己的声名受到了挤压，
怨气把一湖水掀起浪花。

怨气是情感宣泄时没有关好栏闸，
怨气是心情抑郁时一种浮躁的斥骂。
怨气是情绪失控时的爆发，
怨气是思想膨胀后喷出的疯话。

怨气使问题得不到解答，
还会使事态变得更为复杂。
它像一池污淖的秽水，
在现实中熏臭了自家。

忘记

有人使你处于危难的险滩，
让你遭受人间少有的磨难。
一个伟大的酝酿在你心中灼燃，
你以大度的胸怀忘记昨天。

有人使你在煎熬中备受恓惶，
内心老忘不了这段过往。
为了心中远大的理想，
你应以宽容的心态抹平忧伤。

你常热心地为他人架起桥梁，
使之摆脱困境让人生顺畅。
这些恩惠要及时埋葬在你的心房，
共同轻松地奔向远方。

民族的危难要牢记脑畔，
国家的侮辱要铭刻心坎。
思想里明辨了大是大非，
骨子里就抹去了个人的恩怨。

忘记是心灵深处的调节器，
忘记是磨炼素养的升降机。
忘记是填平人生坎坷的秘籍，
忘记是化敌为友的魄力。

忘记不是神魂的背叛，
而是在创建新的机缘。
忘记更不是浑噩的彰显，
而是丢掉沉重的包袱登山。

记住

记住父母的恩情，
人生的征途才会飞扬奔腾。
再高的山也能登上顶峰，
再坎坷的路也能迈步踏平。

记住祖国的恩情，
才能用热血浇灌出忠诚。
哪怕血雨腥风，
哪怕电闪雷鸣。

记住人民的恩情，
社会的责任才会铭刻心中。
百姓的酸甜苦辣就能装容在胸，
铁骨才会筑起不毁的长城。

记住朋友的恩情，
友谊就会在心中涌动。
一起去为人民建功，
事业才会在共奋中取胜。

记住是一股无穷的力量，
它是品德与情商的合唱。
人走得再远也不会迷失方向，
风雨再大也会把天歌唱响。

趾高气扬

人有了趾高气扬的冲动，
浮夸就成了他不良的习性。
以装腔作势的言行掠影，
用狂妄自大的意念发声。

像一锅香汤掉进了小虫，
大家都把进食的胃口葬送。
你成了人人讨厌的苍蝇，
便在孤立的悲哀中伤痛。

你用知错悔过的心情，
眼前的痴迷狂妄就会纠正。
用原则守护纯洁的本性，
事情就都会在正确的轨道上运行。

洁净的东西常在污秽中诞生，
光明的东西也常在晦暗中育成。
高尚的品德是卑微的结晶，
坎坷的道路总是在前进中踏平。

分享

为人民立下了巨大的功劳，
鲜花摆满殿堂，
掌声响彻会场，
这个喜悦要与同志共享。

在奋斗中有了崇高的声望，
群众高声赞扬，
组织给予重奖，
这时你要唱响众人的力量。

工作中有了过错迷惘，
造成了损失，
产生了影响，
这时你要主动地把责任担当。

如果贪功自赏，
灾祸就暗伏杀伤。
如果逐名热狂，
舆论就会把你埋葬。

要敢于面对失利的场景，
这才是男儿的血气方刚。
具备了如此的信念思想，
你才能在磨炼中提升素养。

追求

人总是在追求中奔波，
人总是在追求中拼搏。
追求把人推向前进的轨道，
各自都去奔向自己的目标。

追求真理是青年人的执着，
这条道路虽说坎坷，
这条道路却很宽阔，
为真理而斗争是多么的自豪。

追求真理的人磊落坦荡，
战斗中精神更加高昂，
战斗中意志更加坚强，
他是在为人类搭建共同幸福的桥梁。

追求私欲是在邪道上奔忙，
路上虽说平坦宽敞，
路旁却埋有炸弹猎枪，
你总是胆战心惊地扑捉迷藏。

如果你追求的私欲膨胀，
名利占据了心房，
贪婪扰乱了方向，
监牢会成为你归属的地方。

中庸

你气度高远旷达，
但却不鲁莽粗疏狂妄。
你思维慎密谨严远望，
处世有序不杂乱无章。

你趣味高雅神怡淡放，
但又不枯燥单调忧伤。
你节操磊落崇高刚强，
但又不偏执暴烈执狂。

你清廉纯洁高尚，
又具备包容一切的雅量。
你仁义宽容善良，
又能敏锐地辨别方向。

你有洞察一切的智商，
又有不苛求于人的心房。
你铁面正直豪爽，
但矫枉从来不过正走样。

你修成了如此恰到好处的素养，
人生的路就如同鱼儿在水中游翔。
用如此的美德为社稷担当，
走到哪里都是一根栋梁。

命运

命运把浅薄的福分给我，
我却用慈善的品行把厚德修养。
命运让我的筋骨苦劳，
我用愉悦的心情享受煎熬。

命运使我的际遇困窘难消，
我用人格和智慧打开通道。
命运把我抛到了荒漠江皋，
我以坚忍的精神走出泥沼。

命运把我在苦难的环境中浸泡，
我以乐观的心情寻找快乐。
命运把我在逆境的低谷中困扰，
我以坚忍的毅力拼搏弄潮。

命运在我的路上横放一条江河，
我驾叶小舟从浪尖上渡过。
命运在我的征途高耸大山一座，
我修条栈道绕到山的背坡。

命运给我降临再大的灾祸，
也无法奈何我灵魂中的枪炮。
手中把命运的缰绳攥牢，
让它在我的面前拜倒。

磨炼

不要迎合别人讨其喜欢，
要用刚直不阿的性格挺起腰杆。
不要搞笑恶作遭人唾嫌，
要做值得称道的善行被人称赞。

如果你的行为怪诞又言辞尖酸，
你肯定缺乏见识也学问粗浅。
如果你的性格孤僻而独自往还，
团队会把你淘汰而使之难堪。

一方的言辞让你偏信则暗，
你往往会被奸邪的小人欺骗。
自认绝对正确而偏执己见，
就会使事情败坏而向反的方面发展。

以自己的长处与别人的短处相较而言，
就会变得蛮横而骄傲自满。
因自己笨拙而妒忌他人的精干，
就会沦为小人而狭隘自陷。

智慧是明珠能把人的优缺识辨，
意志是动力能培养人修正的习惯。
要把自我锻造得如钢铁一般，
就得在细微处精心磨炼。

不忘初衷

父母是你起航的风帆，
社会的风浪把你磨炼。
良师让你的血液循环，
益友纠正了你的缺点。

怀里揣着远大的理想，
心灵筑起信念的宫殿。
思虑辩证去追求圆满，
上善若水就永无遮拦。

壮美了人生，
诗化了历程。
树立智者的高尚风范，
享受勇者的困苦艰难。

境界陶冶得旷远，
素养打磨得精湛。
是柱天的梁栋撑稳云天，
是雄才美化了万里江山。

人走得再远，
也不能忘记经历的苦难。
走到了辉煌的顶点，
更要牢记出发时的理念。

后　记

　　一个国家的强大繁荣，一个民族的繁衍昌盛，一个家庭的兴旺发达，无不以人为根基，以人才为支柱。所以，提高青少年的综合素养，使他们成栋、成才，是社会、民族、家庭，赋予所有长者不可推卸的责任。

　　中华民族的伟大复兴，是中国发展史上极其壮阔的波涛。接班人必须像海潮一样，一波接一波地赓续柱天。所以，国家除了兴办学校外，又从上到下建立了完整的育人体系。关心下一代工作是党和人民赋予老年人的使命和职责，广大五老用数十年历练出的品德言行、奋斗精神、气节风范，言传身教，感染熏陶下一代，使孩子们在学校教育基础上，有更加温馨的成长环境及茁壮成才的保障。

　　周至县关心下一代工作委员会，认真贯彻落实中、省、市关工委各项工作任务，结合实际开拓创新、积极探索关心下一代工作的新思路、新方法，通过各种形式、充分调动全县五老的主观能动性、让他们各自发挥所长，以丰富多彩的育人形式覆盖关心下一代工作的方方面面、角角落落。这本诗集的问世，就是周至县关心下一代工作委员会一项创新性工作。他们针对关心下一代工作的特征，以远大的战略目光、客观务本的求实精神,要把关心下一代工作落实到每个接受教育的青少年身上。于是,组织和实施了这本诗集的编纂和出版发行,这将在关心下一代工作上产生积极深远的影响!

这本诗集以它独特的诗歌形式,激扬向上的主题抒发,哲理寓教的人生指导,击节诵读的艺术享受,立异于万花丛中,散发出浓郁的清香。它的育人教化功效、它的社会净化影响,必将随着时间的淀积,像一棵老松一样,愈发苍翠壮美,永远如一缕温暖的春风,吹醒青少年心中的萌芽。为他们矫枉就正、引航导行,使他们不管经历多少跋涉,都能在风雨中闯荡、攀岩登峰、赴汤蹈火,成就自己,成就国家,成就民族!

周至县关工委、周至县教科局及哑柏镇关工委常务副主任曹宽宽、终南镇关工委常务副主任司海生,为本诗集的问世给予了一定的资助,编委会的领导、同志,为本书的出版付出了艰辛的劳作。于此,诗人用诚挚的心,向各位致以深深的谢意!

194